COLLECTION FOLIO

Herbert George Wells

Un rêve d'Armageddon

précédé de

La porte dans le mur

Traduit de l'américain
par Henry-D. Davray et B. Kozakiewicz

Mervure de France

Ces nouvelles sont extraites du recueil
Le pays des aveugles *(Folio n° 1561).*

Né le 21 septembre 1866, près de Londres, dernier enfant d'une famille modeste, Herbert George Wells est élevé dans le strict respect de la monarchie et de l'Église anglicane. Pour gagner sa vie, dès l'âge de quatorze ans, il devient vendeur de tissu, puis apprenti pharmacien, mais se passionne pour la lecture. En 1883, il saisit l'opportunité de travailler comme élève-maître dans un lycée et obtient, l'année suivante, une bourse pour étudier à la Normal School of Science de South Kensington à Londres. Il se lie avec l'un des ses professeurs, T. H. Huxley, célèbre physiologiste et ami de Darwin, qui lui fait découvrir les théories de l'évolution. À la même époque, il s'intéresse au socialisme anglais alors en plein renouveau. Ayant échoué à ses examens, il prépare sa licence de sciences par correspondance et donne des cours malgré de graves problèmes de santé. Après avoir collaboré à quelques revues et écrit des entretiens scientifiques destinés à des étudiants, Wells publie en 1895 *La machine à explorer le temps*, un roman d'anticipation qui lui vaut un grand succès. Il y met en scène un inventeur de génie qui, persuadé que le temps est une quatrième dimension de même nature que la longueur, la largeur et la hauteur, construit une machine extraordinaire qui va lui permettre de se déplacer à travers les siècles. C'est ainsi qu'il parvient à atteindre l'an 802701...

Ce roman est suivi de *L'île du docteur Moreau* en 1896 : un naufragé arrive sur une île peuplée de créatures monstrueuses, mi-hommes mi-bêtes, vivant sous la domination du docteur Moreau et de son assistant, l'inquiétant Montgomery. *L'homme invisible* paraît en 1897 ; ce roman porté de nombreuses fois à l'écran et adapté pour la télévision fera l'objet d'un véritable culte. Paraît ensuite *La guerre des mondes* en 1898 — Orson Welles en fera la lecture à la radio en 1938 et déclenchera une véritable panique aux États-Unis parmi les auditeurs persuadés de la réalité d'une invasion martienne ! Ces œuvres lui apportent une célébrité mondiale. Au cours de ces années d'intense production littéraire, il écrit une soixantaine de nouvelles qui oscillent entre merveilleux, fantastique et science-fiction. Mais la Première Guerre mondiale ébranle la foi de Wells dans la perfectibilité de l'homme ; le romancier « scientifique » laisse place à un romancier « social » qui peint l'âme de la société anglaise et son organisation. Il prône la création d'un « État mondial socialiste ». Peu à peu, son influence littéraire décroît, mais H. G. Wells continue à écrire des articles très variés et, devenu chroniqueur à la BBC en 1929, interviewe Roosevelt, Lénine, Staline... Pacifiste, il lutte contre le fascisme et meurt en 1946, après la Seconde Guerre mondiale, désabusé et profondément pessimiste.

Considéré comme un véritable prophète par ses contemporains, H. G. Wells s'est imposé comme le père de la science-fiction anglo-saxonne, mettant ses connaissances scientifiques au service de son imagination.

Découvrez, lisez ou relisez les livres d'H. G. Wells :

AU TEMPS DE LA COMÈTE (*Folio n°* 1548)

LA BURLESQUE ÉQUIPÉE DU CYCLISTE (*Folio n°* 1560)

EFFROIS ET FANTASMAGORIES (*L'Imaginaire n°* 132)

ENFANTS DES ÉTOILES (*Folio n°* 1572)

LA GUERRE DANS LES AIRS (*Folio n°* 1549)

LA GUERRE DES MONDES (*Folio n°* 185)

L'HISTOIRE DE M. POLLY (*Folio n°* 1014)

L'ÎLE DU DOCTEUR MOREAU (*Folio n°* 2917)

LE JOUEUR DE CROQUET (*Folio n°* 1909)

LA MACHINE À EXPLORER LE TEMPS, suivi de L'ÎLE DU DOCTEUR MOREAU (*Folio n°* 587)

LA MACHINE À EXPLORER LE TEMPS (*Folio SF n°* 73)

MISS WATERS (*Folio n°* 1559)

LE PAYS DES AVEUGLES (*Folio n°* 1561)

LE PAYS DES AVEUGLES et autres nouvelles d'anticipation (*Folio Bilingue n°* 88)

La porte dans le mur

Il y a environ trois mois, par un soir de confidences, Lionel Wallace me raconta l'histoire de la porte dans le mur, et je pensai alors que l'aventure était vraie, en ce qui le concernait tout au moins.

Il y mit une simplicité si convaincante que je ne pus faire autrement que de le croire. Mais le lendemain, je m'éveillai dans une atmosphère différente, et, paressant au lit, je me remémorai ses paroles, dépouillées à présent du charme de sa voix lente et grave. Il y manquait l'atmosphère indécise qui nous enveloppait, la lumière tamisée que l'abat-jour renvoyait sur les objets luxueux qui couvraient la table, sur l'argenterie, les cristaux et le linge blanc, sur les reliefs du dessert, toutes choses qui formaient un petit monde baigné de clarté et comme retranché de la réalité quotidienne. Son histoire, à présent, m'apparaissait franchement incroyable.

— Il a voulu me mystifier, — me dis-je. — Comme il s'y est pris habilement !... Je ne me serais pas attendu à cela, de lui surtout !

Plus tard, assis dans mon lit, et buvant, à petits coups, ma tasse de thé matinale, j'essayai de m'expliquer cette impression de réalité qui me rendait si perplexe au souvenir de ses inadmissibles confidences. Je conclus qu'on devait supposer, soupçonner, deviner, — je ne sais quel terme employer, — des aventures qu'il lui était autrement impossible d'avouer.

Comment recourir à cette explication, maintenant ? J'ai surmonté tous mes doutes. Je crois aujourd'hui, comme je le crus en l'écoutant ce fameux soir, que Wallace me dévoila son secret en toute vérité. Mais je ne saurais décider s'il avait vu de ses yeux, ou s'imaginait seulement avoir vu, s'il était doué d'un privilège surnaturel ou la victime d'une illusion fantasque. Les circonstances mêmes qui entourèrent sa mort et dissipèrent mes doutes ne jettent aucune clarté sur ce point. Le lecteur en pourra juger lui-même.

Je ne sais plus à présent quelle critique ou quel commentaire incita cet homme si réticent à se confier à moi. Il se défendait, toutefois, contre mes reproches. La négligence et la mollesse dont il avait fait preuve lors d'un grand mouvement d'opinion m'avaient déçu, et c'est pour se disculper qu'il se lança tout à coup :

— J'ai... J'ai une préoccupation, — avoua-t-il ; puis, après un silence qu'il avait consacré à l'étude de la cendre de son cigare, il reprit :
— Oui, j'ai été négligent, sans doute... Il est vrai que... Non, ce n'est pas une banale histoire de revenants ou d'apparitions, mais... pourtant... c'est un secret bizarre à confesser... Eh bien ! Redmond, je suis hanté !... Une hantise me possède, qui enlève à la vie sa lumière, qui m'emplit de désirs jamais apaisés...

Il se tut, gêné par cette timidité qui s'empare si souvent de l'Anglais, au moment où il est sur le point de parler de choses émouvantes, graves et belles.

— Toi aussi, tu as fait tes études au collège de Saint-Œthelstan, n'est-ce pas ?

Cette question me parut n'avoir aucun rapport avec notre conversation.

— Eh bien ! — dit-il, pour s'interrompre aussitôt.

Néanmoins, par phrases entrecoupées, qui coulèrent bientôt plus facilement, il me révéla le mystère que recelait son cœur, le souvenir tenace d'une beauté et d'un bonheur qui remplissaient sa vie d'aspirations insatiables, et devant lesquels le spectacle du monde et ses joies lui paraissaient mornes, ennuyeux et vains.

Maintenant que j'en ai la solution, je me rends compte que le mot de l'énigme était écrit visiblement sur les traits de Wallace. Je garde une photographie qui reproduit en l'exagérant cet air de détachement, et je me rappelle ce que disait une femme qui l'a beaucoup aimé :

— Brusquement, tout effort d'attention disparaît chez lui... Il vous oublie, il ne prend plus le moindre intérêt à ce qui se passe sous ses yeux...

Cependant il n'en était pas toujours ainsi, et, lorsqu'il attachait son esprit à un problème compliqué, Wallace en venait à bout avec la plus grande facilité. Du reste, sa carrière fut une suite de succès. Il n'avait pas tardé à me laisser loin derrière lui, et il parvint à faire figure dans le monde beaucoup mieux que je n'ai jamais pu y prétendre, assurément. Il approchait de quarante ans quand il est mort, et l'on affirme que, s'il avait vécu, il aurait obtenu un portefeuille dans le nouveau ministère. Au collège, il l'emportait toujours sur moi sans effort, comme par nature, et nous nous sommes suivis de classe en classe jusqu'à la fin de nos études. Au début, nous étions de même force, mais il passa ses derniers examens dans un rang très supérieur au mien, avec toutes les mentions et tous les prix. Pourtant, je m'étais maintenu dans une bonne moyenne.

C'est au collège que je l'entendis parler pour la première fois de « la porte dans le mur », dont il devait m'entretenir une seconde et dernière fois, un mois à peine avant sa mort.

Pour lui, cette porte dans le mur était une porte véritable, menant, à travers un mur véritable, vers les réalités immortelles.

Elle apparut dans sa vie de très bonne heure, quand il n'était qu'un bambin de cinq ou six ans. Je me rappelle de quel ton lent et grave il me précisa la date.

— Une vigne vierge cramoisie la recouvrait, — décrivait-il, — une seule belle teinte cramoisie, sur une tache ambrée de clair soleil, contre un mur blanc. Ces détails se confondaient dans l'impression d'ensemble, sans que je m'en fusse rendu compte, et, devant la porte verte, le trottoir était parsemé de feuilles de marronnier, tachetées de jaune, ni rousses ni sales, mais fraîchement tombées... ce qui indique que c'était en octobre... J'observe tous les ans les marronniers, et je ne me trompe pas... Autant que je puis en être sûr, je devais avoir cinq ans et quatre mois.

Enfant assez précoce, ajouta-t-il, — il sut parler bien avant l'âge habituel, — il se montrait si sage, si « raisonnable », comme on dit, qu'on lui accordait plus de liberté qu'on n'en laisse généralement aux enfants de quelques années plus âgés. Il n'avait guère que deux ans lorsque sa mère mourut, et il resta sous l'autorité moins vigilante d'une gouvernante. Son père, homme de loi austère et toujours préoccupé, lui accordait peu d'attention, tout en fondant de grands espoirs sur lui. Et l'enfant, malgré son entrain, trouvait, je pense, l'existence un peu monotone, si bien qu'un jour il partit droit devant lui...

Il ignorait par suite de quelle négligence de ses surveillants il réussit à s'esquiver, et il ne se souvenait plus du trajet qu'il parcourut à travers le quartier de West Kensington. Tous ces détails s'étaient effacés dans le désordre irrémédiable de sa mémoire, mais sur cet arrière-fond confus se détachaient nettement la porte verte et le mur blanc.

À peine ses yeux d'enfant les eurent-ils vus qu'il ressentit une émotion particulière, une attraction, un désir de passer de l'autre côté. En même temps, il avait cette conviction très claire qu'il était imprudent — ou coupable — de céder à cette tentation. Chose curieuse, insistait-il, en poursuivant son récit, il ne douta pas un instant que la porte ne fût pas fermée et qu'il ne pût l'ouvrir s'il le voulait. Et je me l'imagine, arrêté là, perplexe, attiré et repoussé tour à tour. Il était persuadé aussi, sans savoir pourquoi, que son père serait fort courroucé s'il entrait.

Wallace me décrivit avec la plus extrême minutie ces moments d'hésitation.

Il passa droit devant la porte ; puis, les mains dans ses poches, et s'efforçant de siffloter, il continua jusqu'à l'extrémité du mur. À cet endroit commençait une rangée de boutiques sordides, entre lesquelles se distinguait celle d'un plombier, avec ses vitrines pleines d'un poussiéreux amas de tubes et de conduites en poterie, de feuilles de plomb, de robinets et de pots de vernis. Il s'arrêta en feignant de prendre grand intérêt à ce désordre, mais guettant d'un désir passionné la porte verte.

Alors, une rafale d'émotion l'emporta. De peur d'être agrippé à nouveau par l'hésitation, il se lança à toutes jambes, poussa de ses deux mains ouvertes la porte convoitée, et la laissa se refermer d'elle-même derrière lui. C'est ainsi qu'en un clin d'œil il pénétra dans le jardin dont le souvenir devait le hanter toute sa vie.

Wallace éprouva une extrême difficulté à me décrire cet enclos aussi exactement qu'il se le rappelait.

Il y avait, dans l'air même qu'on y respirait, quelque chose d'exhilarant qui vous imprégnait d'une sensation de légèreté et de bien-être ; tout y revêtait un aspect riant, immaculé et subtilement lumineux. À l'instant même où l'on entrait, on ressentait un contentement exquis, comparable seulement à ces rares minutes où, alors qu'on est jeune et joyeux, on connaît le bonheur en ce monde. Toutes choses étaient belles en ce jardin...

Wallace s'abandonna un moment à sa rêverie ; puis, avec l'inflexion hésitante de ceux qui relatent des incidents incroyables, il reprit :

— Imagine-toi qu'il y avait là deux grandes panthères... oui, deux panthères tachetées... Et je n'avais pas peur... Ces fauves au pelage velouté jouaient avec une balle, dans une allée spacieuse, entre deux longues plates-bandes fleuries à bordure de marbre. L'une des bêtes leva la tête et vint à moi, curieuse. Elle s'approcha, frotta son oreille ronde et douce contre la petite main que je tendis, et ronronna... C'était un jardin enchanté... Oui, certes !... Ses dimensions ? Il s'étendait très loin de tous côtés. Je crois même qu'on apercevait des collines dans la distance... Comment diable étaient-elles venues à West Kensington ?... Je n'en sais rien, mais je me trouvais là comme à un retour chez soi, après une longue absence...

« À l'instant même où la porte se referma derrière moi, j'oubliai la rue et les feuilles de marronnier, les cabs et les voitures de livraison ; j'oubliai l'attraction machinale qui aurait dû me ramener à l'obéissance et à la discipline familiale ; j'oubliai les hésitations et les craintes, les conseils de la prudence et les réalités intimes de l'existence. Sur-le-champ, je fus un bambin joyeux et heureux, dans un monde surprenant. Tout, en ce lieu étrange, était différent : il y régnait une lumière plus chaude, plus pénétrante, plus moelleuse, on y respirait une atmosphère de gaieté claire, et des bouffées de nuages parsemaient le bleu du ciel.

« Devant moi, la longue allée m'invitait, avec ses plates-bandes sans mauvaises herbes, ses massifs riches de fleurs qui poussaient sans culture. Sans appréhension, je posai mes petites mains sur la fourrure souple des panthères, je leur caressai les coins sensibles sous les oreilles ; je jouai avec elles, et l'on eût dit qu'elles accueillaient un ami. L'impression était ancrée dans mon esprit d'un retour au foyer ; aussi, lorsque bientôt une belle jeune fille, grande et svelte, apparut, je n'éprouvai aucune surprise. Elle s'avança vers moi, souriante, me souleva dans ses bras, me baisa au front : puis elle me prit par la main et m'emmena. J'avais conscience que tout cela était délicieusement innocent et me remémorait des choses heureuses qui, par suite de quelque sortilège, avaient jusqu'ici été négligées. Par un large perron aux marches rouges, que j'entrevis entre les hautes touffes de pieds-d'alouette, nous accédâmes à une vaste avenue ombragée par de très vieux arbres. Tout au long, entre les troncs aux écorces gercées de roux, des bancs et des statues de marbre étaient disposés, autour desquels voltigeaient des colombes apprivoisées.

« Ma belle amie m'emmenait par cette avenue, et je me souviens de ses traits gracieux, de son menton finement modelé, de la douceur radieuse de son visage... Elle me questionnait d'une voix caressante et me narrait des fables, des fables ravissantes, je le sais, bien que je n'aie jamais pu m'en rappeler aucune... Soudain un petit singe capucin, très propre, avec un pelage brun-roux, et de bons yeux noisette, descendit d'un arbre et se mit à gambader auprès de moi ; il me regardait en grimaçant, et bientôt sauta sur mon épaule. Et nous poursuivions notre chemin, dans un parfait bonheur...

Il s'interrompit.

— Continue, — dis-je.

— Je me souviens de menus détails. Nous croisâmes un vieillard qui se promenait parmi les lauriers. Nous traversâmes un carrefour qu'égayait le caquetage de perroquets multicolores, et, par une large colonnade ombragée, nous arrivâmes à un palais spacieux, rafraîchi par de nombreuses fontaines, plein d'objets magnifiques et offrant tout ce que le cœur peut désirer. Il y avait là beaucoup de gens que je revois clairement pour la plupart, tandis que le souvenir des autres demeure vague ; mais tous étaient beaux, avec une expression d'infinie bonté. Sans savoir comment, je compris qu'une bienveillance extrême les animait à mon égard, qu'ils étaient heureux de m'avoir parmi eux ; leurs gestes, le contact de leurs mains, leurs regards de bienvenue et d'amour me remplissaient de joie... oui, de joie...

Il se tut encore un moment.

— Je rencontrai là des compagnons de jeu, ce qui me fut précieux, car j'étais un petit garçon solitaire. Ils s'ébattaient agréablement sur une pelouse, qu'ornait un massif de fleurs au milieu duquel se dressait un cadran solaire... On jouait et l'on s'aimait... C'est bizarre, il existe ici un trou dans ma mémoire. Je ne me rappelle plus à quel jeu nous jouions. Je ne me le suis jamais rappelé... Plus tard, je passai de longues heures, parfois avec des crises de larmes, à essayer de retrouver cette forme de bonheur. Je voulais, tout seul, jouer de nouveau à ces jeux... En vain !... Je ne me souviens que du bonheur que j'éprouvais et de deux compagnons qui ne me quittèrent pas... Bientôt, parut une femme brune, avec une face pâle et grave, des yeux rêveurs, vêtue d'une longue robe souple de pourpre claire ; elle portait un livre, et, me faisant signe, elle m'emmena dans une galerie, au-dessus d'un vestibule... Mes camarades étaient désolés de me voir partir ; ils cessèrent leurs ébats et me regardèrent m'éloigner. « Reviens, reviens bientôt ! » criaient-ils. Je levai les yeux vers le visage de la femme brune, mais elle ne semblait pas entendre. Avec la même expression douce et grave, elle alla s'asseoir sur un banc de la galerie, et je me tins près d'elle, curieux de savoir ce que contenait le livre qu'elle avait ouvert sur ses genoux. Elle posa le doigt sur une page et je fus émerveillé, car je me vis dans ce livre. J'étais le héros de l'histoire, et il y avait là toute ma vie, depuis ma naissance... Ce qui m'émerveillait davantage, c'est que je voyais sur les pages de ce livre non des images, mais des réalités.

Wallace s'interrompit encore, et il me regarda d'un air perplexe.

— Continue... Je comprends, — dis-je.

— C'étaient des réalités, oui, indiscutablement. Les personnages s'y mouvaient vraiment... ils apparaissaient et disparaissaient : ma mère, que j'avais presque oubliée ; mon père, sévère et austère ; les domestiques, la nursery, toutes les personnes et toutes les choses qui m'étaient familières à la maison, et les rues animées par le va-et-vient des passants et des voitures. Stupéfait, je levai des yeux interrogateurs vers le visage de la femme ; anxieux d'en savoir davantage, je feuilletai hâtivement le livre, et à la fin je me vis, hésitant, indécis, devant la porte verte dans le grand mur blanc, et j'éprouvai à nouveau les mêmes craintes et le même conflit. « Que vient-il ensuite ? » m'écriai-je, et je voulus tourner la page ; mais la main froide de la femme aux traits graves me retint. « Ensuite ? » insistai-je, m'efforçant d'écarter sa main, tirant sur ses doigts avec toute mon énergie enfantine. Elle céda, la page tourna, et la femme se pencha vers moi comme une ombre et m'embrassa au front...

« Mais, sur la page, il n'y avait pas le jardin enchanté, ni les panthères, ni la belle jeune fille blonde qui me conduisit par la main, ni les compagnons de jeux qui regrettaient tant de me voir partir... Je ne vis qu'une longue rue grise de West Kensington, à cette heure glaciale qui précède le moment où l'on allume les réverbères, et j'étais là, sur le trottoir, petite forme misérable, sanglotant à haute voix, malgré tous mes efforts pour me contenir... Je pleurais, parce que je ne pouvais pas retourner auprès de mes petits compagnons qui m'avaient crié : « Reviens, reviens bientôt ! » Je me retrouvais seul, et ce n'était pas une page du livre, mais la cruelle réalité : L'endroit enchanté et la femme grave, aux genoux de laquelle je m'étais tenu, avaient disparu... Où les trouverais-je ?

Il se tut et demeura un long moment, les yeux fixés sur le feu.

— Oh ! la tristesse de ce retour ! — murmura-t-il.

— Et alors ? — dis-je, un instant après.

— Comme je me sentais misérable ! Ramené malgré moi dans ce monde lamentable ! À mesure que je comprenais mieux ce qui venait de se passer, un chagrin irrésistible m'envahissait. La honte et l'humiliation de mes sanglots en pleine rue et ma rentrée piteuse à la maison sont des souvenirs d'hier. Je revois le vieux monsieur bienveillant qui se pencha sur moi, avec ses lunettes d'or, et me parla : « Tu es perdu, mon pauvre enfant ? » dit-il. Il me remit à un jeune policeman plein d'attentions ; la foule se rassemblait, et c'est ainsi escorté que je repris le chemin de la demeure paternelle.

« Voilà, aussi exactement que je me la rappelle, ma vision du jardin enchanté, vision qui me hante encore à l'heure actuelle. Certes, il m'est impossible d'exprimer ce caractère d'irréalité translucide, cette *différence* d'avec les choses de tous les jours, qui transformait ce lieu... Pourtant, c'est bien là ce qui m'arriva. Si ce fut un rêve, je suis sûr que ce fut un rêve éveillé et absolument extraordinaire... Hem ! Il s'ensuivit naturellement un redoutable interrogatoire, par ma tante, par mon père, par ma gouvernante, par tous...

« J'essayai de leur raconter ce que j'avais vu, mais mon père m'administra ma première correction pour m'apprendre à dire des mensonges. Quand, ensuite, je voulus répéter mon histoire à ma tante, elle me punit aussi pour tant d'obstination dans ma faute. Et l'on défendit de m'écouter, de prêter l'oreille à un seul mot de mon récit. On m'enleva même mes volumes de contes de fées, pour ce motif que j'avais « trop d'imagination ». Quoi ?... Oui, ils firent cela... Mon père était de la vieille école... Mon histoire resta confinée en moi-même. Je la confiai à mon oreiller que mes larmes d'enfant trempèrent souvent... Et j'ajoutais toujours à mes prières régulières cette fervente requête : « Plaise à Dieu que je rêve du jardin. Seigneur, ramène-moi à mon jardin, ramène-moi à mon jardin... » J'en rêvai souvent, et il se peut que je l'aie embelli, que je l'aie transformé, je ne sais... Tout ceci, tu comprends, est un effort pour reconstruire, d'après des images fragmentaires, une aventure de mon jeune âge. Ce souvenir-là est séparé par un gouffre des autres souvenirs de mon enfance. Et il vint un temps où il me parut impossible de faire la moindre allusion en paroles à cet événement magique...

Je formulai une question qui s'imposait.

— Non, — répondit-il, — je ne me souviens pas d'avoir, dans les années qui suivirent, essayé de retrouver mon chemin jusqu'au jardin. Cela me semble bizarre, à présent, mais je suppose qu'on surveilla de plus près mes mouvements, après cette mésaventure. Non, je ne tentai de chercher la porte verte qu'après que nous nous connûmes tous deux. Si invraisemblable que cela paraisse, je crois qu'il y eut une période pendant laquelle j'oubliai complètement le jardin... vers l'âge de sept ou huit ans. Tes souvenirs sont précis, de nos années d'études à Saint-Œthelstan ?

— Très précis !

— Aucun signe, je pense, ne révélait que j'avais un rêve secret ?

Il leva soudain la tête en souriant.

— As-tu jamais joué « au passage du Nord-Ouest » avec moi ?... Non, puisque nous venions au collège par des directions différentes...

« C'était une sorte de jeu, — reprit-il, — que des enfants doués d'un peu d'imagination peuvent jouer n'importe quand. Il s'agissait de découvrir un itinéraire nouveau pour se rendre au collège. Le chemin ordinaire était fort direct, et le jeu consistait à trouver un trajet qui ne le fût pas. On partait dix minutes plus tôt que d'habitude, dans une direction invraisemblable, et il fallait parvenir au but après un parcours insolite. Un jour, je m'égarai dans des rues sordides, de l'autre côté de Campden Hill, et je commençai à croire que, pour cette fois, j'avais perdu la partie et que j'arriverais en retard au collège. En désespoir de cause, je m'engageai dans une ruelle qui paraissait être un cul-de-sac, mais à l'extrémité je trouvai une issue. Je hâtai le pas avec un renouveau d'espoir : « Je réussirai », me disais-je, et je passai alors devant une rangée de pauvres boutiques qui me semblèrent inexplicablement familières, et là même j'aperçus le long mur blanc et la porte verte qui menait au jardin enchanté. La chose me sautait aux yeux brusquement ! Donc, après tout, ce jardin, ce merveilleux jardin n'était pas un rêve !...

Il se tut.

— Cette seconde rencontre de la porte verte marque, je suppose, toute la différence entre la vie laborieuse de l'écolier et l'infini loisir de l'enfant. En tout cas, cette seconde fois, je ne songeai pas un instant à m'écarter de mon chemin. Tu comprends... d'abord mon esprit était absorbé par l'idée d'arriver à temps au collège et de ne pas compromettre ma réputation d'exemplaire ponctualité... Je dus éprouver sûrement quelque petit désir d'entrouvrir au moins la porte, oui, je dus éprouver ce désir... Mais cette attirance ne m'apparut sans doute que comme un nouvel obstacle à ma détermination toute-puissante d'arriver à l'heure. Certes, ma découverte m'intéressait énormément ; je poursuivis ma route avec la tête pleine de ce fait... mais il n'en est pas moins vrai que je poursuivis ma route. Rien ne m'arrêta. Je passai devant l'entrée magique en courant ; tirant ma montre du gousset, je constatai que j'avais encore dix minutes à moi, et je me trouvai bientôt dans un quartier plus familier. J'arrivai au collège, hors d'haleine, ruisselant de transpiration, mais à l'heure!... C'est bizarre, hein?

Il me regarda méditativement.

— Naturellement, j'ignorais alors que je ne retrouverais pas toujours la fameuse porte. Les collégiens ont des imaginations limitées. Je dus penser que c'était une excellente affaire de savoir que le mur et la porte existaient et de connaître le chemin pour y retourner... mais la nécessité d'être ponctuel l'emporta. Au cours de cette matinée-là, je me montrai singulièrement distrait et inattentif, évoquant tous mes souvenirs des beaux et étranges personnages que j'allais bientôt revoir. Chose curieuse, je n'avais pas le moindre doute qu'ils ne dussent être heureux aussi de me revoir... Oui, ce matin-là, je dus penser au jardin comme à un lieu de récréation auquel on pourrait se rendre dans les intervalles d'une carrière scolastique laborieuse.

« ... Mais je n'y retournai pas ce jour-là, me réservant peut-être pour le lendemain, qui était une demi-vacance... En outre, mes distractions durent me valoir des punitions qui rognèrent la marge de temps nécessaire pour le détour... Je ne sais plus exactement... Ce que je sais mieux, c'est qu'entre-temps le jardin enchanté accapara à tel point mes pensées que je ne pus garder mon secret pour moi seul... J'en parlai à... Comment s'appelait-il ?... Il avait une sorte de museau pointu, et nous l'avions surnommé la Fouine...

— Hopkins, — précisai-je.

— En effet, Hopkins... Il me déplaisait de lui en parler ; j'avais l'impression d'enfreindre une règle, mais cela ne me retint pas. Nous faisions tous les jours une partie du chemin ensemble. Il était bavard, et si nous n'avions pas parlé du jardin enchanté, nous aurions parlé de tout autre chose, mais je ne pouvais supporter que ce sujet de conversation... Et j'y allai de ma confidence...

« Il ne fut pas discret. Le lendemain, à l'heure de la récréation, je me vis entouré par une demi-douzaine de grands élèves, qui me taquinèrent et me questionnèrent sur le jardin enchanté... Il y avait parmi eux le grand Fawcett, tu te le rappelles ? Et Carnaby et Morley Reynolds. Tu n'en étais pas, toi, par hasard ? Non, je ne l'aurais pas oublié...

« À cet âge-là, nous sommes des créatures aux sentiments complexes. En dépit de mes appréhensions secrètes, j'étais, je le crois fermement, quelque peu flatté de mériter l'attention de ces grands camarades. Je me rappelle particulièrement le plaisir que me causa un éloge de Crashaw... tu te souviens de Crashaw l'aîné, le fils du compositeur ?... Il déclara que c'était le meilleur mensonge qu'il eût jamais entendu. Mais en même temps, je ressentais, au fond, une honte pénible à raconter ce que je savais être un secret inviolable. Cette brute de Fawcett risqua une plaisanterie déplacée au sujet de la belle jeune fille blonde...

Wallace baissa la voix au souvenir de l'incident.

— Je feignis de ne pas entendre, — dit-il. — Tout à coup, Carnaby me traita de menteur, et la dispute s'envenima quand j'affirmai que la chose était vraie. J'assurai que je savais où retrouver la porte verte, et que je les y mènerais en dix minutes. Carnaby prit un air outrageusement vertueux, déclarant qu'il me faudrait donner la preuve de ce que j'avançais ou qu'il m'en cuirait... Est-ce que Carnaby t'a jamais tordu le bras ? Eh bien, alors, tu comprendras ce que j'éprouvai. Je jurai que mon histoire était vraie...

« Il n'y avait pas un élève alors qui pût arracher une victime à Carnaby... Crashaw essaya bien de placer un mot en ma faveur, mais pour Carnaby l'occasion était trop belle, et il ne lâcha pas sa proie. Rouge jusqu'aux oreilles et quelque peu effrayé, je laissai s'accroître ma surexcitation, et j'agis finalement comme un sot. Le résultat fut qu'au lieu de partir seul pour mon jardin enchanté, j'y allai, les joues cramoisies, les oreilles brûlantes, les yeux cuisants et l'âme torturée de misère et de honte, à la tête d'une troupe de condisciples curieux, railleurs et menaçants...

« Nous n'avons jamais trouvé le mur blanc et la porte verte...

— Tu veux dire que tu ne les y conduisis pas ?

— Je veux dire que je ne pus pas retrouver le jardin, et je l'aurais retrouvé alors si c'eût été possible... Et plus tard, quand j'y pus retourner seul, je ne le retrouvai pas davantage... je ne le retrouvai jamais. Il me semble maintenant que, tout au long de mes années de collège, je ne cessai pas de chercher, sans jamais le découvrir.

— Et les camarades ? Comment prirent-ils la chose ?

— Fort mal... Carnaby institua un conseil de guerre devant lequel je comparus sous l'accusation de mensonge injustifiable... Je me souviens que je rentrai furtivement à la maison et me réfugiai dans ma chambre pour y cacher mes pleurnicheries. Mais quand, à bout de larmes, je m'endormis, ce n'étaient pas les brutalités de Carnaby qui me désolaient, mais le regret du beau jardin, de la belle après-midi que j'avais tant espérée, de mes belles et douces amies, des compagnons qui m'attendaient, des jeux que j'apprendrais à nouveau...

« Je suis persuadé que si je ne m'étais confié à personne... Je passai des moments affreux, après cela... des crises de sanglots, la nuit... des rêvasseries pendant le jour. Mes études en souffrirent et, ces deux trimestres-là, j'eus de mauvaises notes. T'en souviens-tu ? Naturellement, puisque c'est lorsque tu me battis en mathématiques que je me remis à la tâche. »

Pendant un certain temps, mon ami contempla silencieusement les charbons ardents. Puis, sans aucune invite, il reprit :

— Je n'entr'aperçus de nouveau ma vision qu'à l'âge de dix-sept ans. Pour la troisième fois elle me sauta aux yeux, un jour que je me rendais en voiture à la gare de Paddington, en route pour Oxford, où j'allais concourir pour une bourse. Ce fut à peine un coup d'œil. Penché sur le tablier du cab et fumant une cigarette, je me considérais désormais comme un homme du monde accompli et indépendant... et tout à coup, sous mes yeux, la porte et le mur surgirent, avec la chère certitude des choses inoubliables qui reviennent à la portée de la main.

« La voiture roulait toujours ; pris à l'improviste, je ne songeai à faire arrêter le cab que lorsque nous eûmes tourné le prochain coin. Et même alors ce fut une minute bizarre, où j'eus une volonté double et divergente. Je heurtai de ma canne la petite lucarne, dans le toit du cab, et tirai ma montre : « Voilà, monsieur ? » s'enquérait déjà le cocher. « Heu, bien... ce n'est rien, — répliquai-je, — une erreur de ma part... nous n'avons pas le temps, continuez. » Et le cheval reprit le trot... J'obtins ma bourse, et, le soir où j'en eus la nouvelle, je restai assis auprès de mon feu, dans ma petite chambre de la maison paternelle, avec, encore, dans les oreilles, les compliments de mon père, ses rares compliments ; je fumais ma pipe favorite, la pipe à fourneau formidable que préfèrent les adolescents, et mes pensées revenaient à cette porte dans le grand mur blanc. « Si je m'étais arrêté, je n'aurais pas obtenu la bourse, me disais-je, je ne jouirais pas du bénéfice des études universitaires, j'aurais compromis la belle carrière qui s'ouvre devant moi... Je commence à envisager les choses plus sainement. » Je m'enfonçai davantage dans ma méditation, et je ne doutai pas une minute que la réalisation de ma carrière méritât de tels sacrifices... Les belles amies et la claire atmosphère du jardin m'apparaissaient très douces, très tentantes, mais si lointaines ! Je marchais à présent à la conquête du monde... Je voyais une autre porte s'ouvrir... la porte de ma carrière. »

Il contempla de nouveau les charbons, dont les flammes rouges firent danser un instant sur son visage une expression de force obstinée, qui s'évanouit presque aussitôt.

— Eh bien, — continua-t-il, après un soupir, — j'ai rempli ma carrière, j'ai accompli beaucoup de choses, travaillé avec acharnement. Mais le jardin enchanté m'a valu mille rêves, et j'ai quatre fois, depuis lors, revu sa porte, ou du moins je l'ai entrevue l'espace d'un clin d'œil... oui, quatre fois... Pendant un certain temps, le monde me parut si intéressant et si séduisant, si plein de sens et de promesses, que le charme du jardin était, par comparaison, à demi effacé et perdu dans un lointain vague. Qui donc désirerait caresser des panthères, alors qu'il est en route pour dîner avec de jolies femmes et des hommes distingués ?... Je quittai Oxford, et l'on fonda sur moi de grandes espérances ; j'ai fait de mon mieux pour ne pas les décevoir... de mon mieux, et il y eut cependant bien des désappointements...

« J'eus deux liaisons, sur lesquelles je n'insisterai pas ; mais, une fois, alors que je me rendais chez une dame qui, je le savais, m'avait mis au défi de venir, je pris au hasard un raccourci par une rue peu fréquentée, voisine d'Earl's Court, et je débouchai ainsi sur un mur blanc et une porte verte qui m'étaient familiers. — « Bizarre, — pensai-je, — je croyais que cela se trouvait du côté de Campden Hill, et c'est bien l'endroit que je n'ai jamais pu retrouver, l'endroit où se situe mon étrange rêve. »

« Et je passai mon chemin, tout entier à l'idée du but vers lequel j'allais. La porte verte n'avait aucune séduction pour moi, cet après-midi-là. À peine éprouvai-je l'impulsion de me rendre compte si l'huis était ouvert... Un écart de trois pas aurait suffi... Au fond de mon cœur je savais qu'il s'ouvrirait pour moi, mais je songeai que je me retarderais alors et manquerais ce rendez-vous, auquel je me faisais un point d'honneur d'être exact. Par la suite, je me reprochai ma ponctualité... « J'aurais dû, au moins, entrebâiller la porte et jeter un coup d'œil rapide, et faire un signe de la main aux panthères », me disais-je ; mais l'expérience m'avait appris que le lieu enchanté était de ceux qui ne se retrouvent pas en les cherchant... Oui, j'en éprouvai un pénible regret.

« Des années de travail constant suivirent, et je n'entrevis plus le mur blanc que tout dernièrement. Depuis qu'il m'est réapparu, on dirait qu'une sorte d'ombre a terni le monde ambiant. Auparavant, j'estimais que c'était un châtiment douloureux et cruel de ne plus jamais revoir cette porte... Était-ce le résultat du surmenage ? Était-ce aussi le vague à l'âme qui vous guette vers la quarantaine ?... Je l'ignore... Mais, indubitablement, le chatoiement des choses, qui rend l'effort facile, disparaissait à mes yeux, et cela juste au moment où, à cause des mouvements politiques nouveaux, il m'aurait fallu être à l'œuvre. Bizarre, n'est-ce pas ? Mais je commence à trouver la vie fatigante et les récompenses qu'elle offre, à mesure que j'en approche, me semblent piètres. Depuis quelque temps, j'étais tourmenté du désir de revoir le jardin... oui, et trois fois j'ai revu...

— Le jardin ?

— Non, la porte !... Et je ne suis pas entré ! »

Il s'accouda sur la table, avec un accent poignant de douleur dans la voix, quand il parla :

— Trois fois l'occasion s'est offerte, trois fois ! « Si jamais cette porte se présente de nouveau à ma vue, avais-je juré, j'entrerai, secouant, sur le seuil, la poussière et l'accablement de cette vie, renonçant au vain mirage de nos vanités, à toutes nos épuisantes futilités. J'entrerai pour n'en plus sortir... Cette fois-là, j'y resterai... » Je me l'étais juré, et, quand l'heure fut venue, *je n'entrai pas...* Oui, à trois reprises, dans la même année, j'ai passé devant cette porte sans entrer, trois fois au cours de l'année écoulée... La première fois, ce fut le soir du vote de la fameuse loi agricole, où le ministère ne fut sauvé que par une majorité de trois voix... Tu t'en souviens ? Personne de notre côté et fort peu de députés du côté de l'opposition s'attendaient à la clôture du débat à cette séance-là... Mais la discussion s'était soudain effondrée, comme des coquilles d'œufs qu'on écrase. Je dînais avec Hotchkiss chez son cousin de Brentford ; on nous prévint par téléphone, et nous partîmes immédiatement dans l'automobile du cousin. Nous arrivâmes juste au moment du vote, et, en route, nous passâmes devant le mur, livide sous le clair de lune, que l'éclat de nos lanternes colora en jaune vif, et il n'y avait pas à s'y tromper...

— Seigneur ! — m'écriai-je.

— Quoi donc ? — demanda Hotchkiss.

— Oh ! rien, — répondis-je, — et l'occasion était évanouie.

— J'ai fait un gros sacrifice en venant, — dis-je au président de mon groupe, quand j'arrivai.

— Tout le monde en fait autant, ce soir, — me répliqua-t-il en riant, et il s'éloigna rapidement.

« Je ne vois pas comment j'aurais pu agir autrement en la circonstance...

« La fois suivante il en fut de même. Je me rendais en hâte au lit de mort de mon père, pour dire à ce sévère vieillard un dernier adieu. En cette circonstance encore, les exigences de la vie étaient impératives. Mais la troisième fois, il y a huit jours, ce fut différent. Le remords me ronge quand j'y pense. J'étais en compagnie de Gurker et de Ralphs... ce n'est plus un secret maintenant, et je puis avouer cette entrevue avec Gurker. Nous avions dîné ensemble chez Frobisher, et la conversation avait pris un ton d'intimité. La question de mon portefeuille dans le ministère reconstitué restait en dehors de la discussion... Oui, oui... tout cela est arrangé. Il vaut mieux ne pas le rendre public, mais je n'ai pas de raison de te le cacher, à toi... Oui... merci, merci... Laisse-moi poursuivre mon histoire.

« Ce soir-là, il y avait beaucoup de rumeurs dans l'air. Ma position était fort délicate. Je désirais obtenir une déclaration définitive de Gurker, mais la présence de Ralphs me gênait. J'employais toutes mes facultés à maintenir dans la conversation un ton d'insouciance et de légèreté, et à ne pas la diriger trop ouvertement sur le point qui me concernait. Il le fallait bien. La conduite de Ralphs depuis lors a amplement justifié mes précautions... Je savais que Ralphs nous quitterait à l'extrémité de la grande rue de Kensington, et que je pourrais alors surprendre Gurker par un soudain accès de franchise. On est obligé parfois de recourir à ces petits expédients... Et c'est à cette minute qu'en marge de mon champ visuel j'aperçus une fois encore le mur blanc et la porte verte... Nous passâmes devant en causant. Oui, je passai devant... Je revois la silhouette que projetait le profil saillant de Gurker, son chapeau haut de forme ramené en avant sur son nez proéminent, et les plis de son cache-col.

« Je passai à moins de deux pas de cette porte... « Si je leur dis bonsoir maintenant, et si j'entre, me demandai-je, qu'arrivera-t-il ? » Mais il me fallait à tout prix cet entretien seul à seul avec Gurker. Dans l'enchevêtrement des problèmes qui me préoccupaient, je ne savais quelle réponse faire à la question que je me posais. « Ils vont croire que je suis fou », pensai-je. Et si j'allais disparaître après cela ? Je voyais déjà les manchettes des journaux : *Extraordinaire disparition d'un personnage politique.* Cette considération avait son poids. Dans cette crise, mille autres inconcevables mesquineries pesèrent sur ma décision...

Wallace se tourna vers moi avec un sourire triste.

— Et me voilà, — articula-t-il lentement. — Et me voilà, — répéta-t-il. — Et j'avais encore perdu cette occasion. Trois fois en une même année la porte s'était offerte, la porte qui menait à la paix, au bonheur, à la beauté qui dépasse tous les rêves, à la bonté que nul ne connaît sur terre... Et j'ai rejeté ces occasions, Redmond, et la porte a disparu...

— Comment le sais-tu ?

— J'en suis sûr, j'en suis sûr. Il ne me reste plus maintenant qu'à me confiner aux tâches qui m'accaparent et m'ont fait négliger ces précieuses occasions. Tu dis que j'ai obtenu tous les succès !... Le succès ! Cette chose vulgaire, fastidieuse, et si enviée... Oui, je l'ai, le succès ! — Il faisait rouler une noix dans sa main. — Tiens, voilà le cas que j'en fais, de mon succès, — dit-il en écrasant la noix entre ses doigts puissants. Et il me tendit les débris sur sa main ouverte.

— Laisse-moi t'avouer une chose, Redmond : cette déception me ronge. Depuis deux mois, depuis presque dix semaines, je n'ai rien fait, sinon vaquer aux besognes les plus urgentes. Mon âme déborde de regrets que je n'arrive pas à apaiser. Tard le soir, quand je risque le moins d'être reconnu, je sors, j'erre par les rues... Oui, je me demande ce que les gens penseraient de cela, s'ils le savaient ! Un ministre, le chef responsable d'un des grands organismes de la nation, qui erre, seul, à la recherche d'une porte, d'un jardin, le cœur plein de tristesse, et parfois se lamentant presque à haute voix...

Je vois encore son visage pâle et l'étrange lueur sombre qui dansait dans ses yeux. Je le revois très nettement ce soir, et je me rappelle chacun de ses mots, chacune de ses intonations... et le numéro d'hier de la *Westminster Gazette*, qui contient la nouvelle de sa mort, est resté déplié sur mon divan. Aujourd'hui, au club, tout le monde cherchait à résoudre l'énigme du destin de Wallace.

Hier, de grand matin, on a trouvé son cadavre dans une profonde tranchée, près de la gare d'East Kensington. On avait creusé là deux puits pour les travaux de raccordement des lignes souterraines, une haute palissade de planches en défendait l'accès au public ; mais une petite porte y avait été ménagée pour livrer passage aux ouvriers. Cette porte, par suite de la négligence d'un chef d'équipe, n'avait pas été fermée, et c'est ainsi que Wallace pénétra dans le chantier...

Des questions sans réponse s'embrouillent dans mon esprit.

Il semble qu'avant-hier soir, à l'issue de la séance du Parlement, il avait voulu rentrer chez lui, à pied, ce qui lui arriva fréquemment pendant la récente session... Je m'imagine sa silhouette sombre déambulant parmi les rues vides. La pâle clarté des globes électriques, près de la gare, revêtit-elle la palissade d'une lueur blanchâtre ? La porte fatale laissée ouverte réveilla-t-elle en lui quelque souvenir ?

Après tout, exista-t-il jamais en réalité une porte verte dans un mur blanc ? Je l'ignore. J'ai relaté son histoire telle qu'il me la conta. À certains moments je suis convaincu que Wallace fut simplement la victime d'un genre d'hallucination rare, mais dont on a des exemples, et d'une coïncidence entre une de ses crises et une porte qui lui fut un piège fatal. Mais ce n'est pas là ma conviction la plus intime. Vous me jugerez superstitieux, si vous voulez, ou même absurde, mais je ne suis pas loin de croire qu'il était doué d'une faculté anormale, d'un sens, d'un je-ne-sais-quoi, qui, sous l'image d'une porte et d'un mur, lui offrait sans cesse une issue, un passage secret dans un autre monde infiniment plus beau que le nôtre. En tout cas, direz-vous, c'est de cette faculté merveilleuse qu'il fut finalement la victime. Mais en fut-il vraiment la victime ? Nous touchons là au caractère le plus mystérieux de ces rêveurs, de ces êtres de vision et d'imagination... Le monde pour nous a des couleurs banales, nous voyons la palissade et la tranchée comme des choses ordinaires. Selon le jugement vulgaire, il passa de la sécurité dans les ténèbres, le péril et la mort. Mais vit-il les circonstances sous ce jour-là ?

Un rêve d'Armageddon

L'homme au visage blême entra dans le compartiment à Rugby ; il avançait lentement, en dépit des instances du porteur de bagages, et, dès son apparition sur le quai, j'avais remarqué combien il avait l'air malade. Avec un soupir, il se laissa tomber dans un coin vis-à-vis de moi, fit une tentative incomplète pour arranger sa couverture de voyage et resta absolument immobile, les yeux fixes et vides. Bientôt, conscient d'être observé, il me lança un regard indolent, étendit une main lasse vers son journal et de nouveau lorgna de mon côté.

Je fis semblant de lire, craignant de l'avoir involontairement embarrassé, mais au même instant je fus fort surpris de l'entendre parler.

— Plaît-il ?

— Ce livre, — répéta-t-il, indiquant le volume avec son doigt maigre, — ce livre traite des rêves ?

— Mais oui, — répondis-je, car c'était *Les États du Rêve,* de Fortnum Roscoe, et le titre s'étalait en gros caractères sur la couverture.

Il demeura un instant silencieux, comme s'il eût cherché ses mots.

— Oui, — fit-il enfin, — mais cela ne vous apprend rien.

Au premier moment je ne compris pas bien ce qu'il voulait dire.

— Ils ne savent pas, — ajouta-t-il.

J'observai un peu plus attentivement son visage.

— Il y a rêves et rêves, — reprit-il.

C'est là une sorte de proposition que je ne relève jamais.

— Je suppose... — commença-t-il, hésitant. — Rêvez-vous quelquefois ? Je veux dire très vivement ?

— Je rêve fort peu, — déclarai-je. — Je ne pense pas avoir trois rêves très vifs par an.

— Ah ! — fit-il, et il parut quelque temps rassembler ses pensées.

— Vos rêves ne se mêlent pas à vos souvenirs ? — demanda-t-il brusquement. — Vous ne vous trouvez jamais dans le doute, au point de vous poser cette question : ceci est-il, oui ou non, arrivé ?

— Presque jamais. Sauf parfois une hésitation passagère. Je suppose que peu de personnes ont de ces doutes.

— Est-ce qu'*il* en parle ? — s'informa-t-il en indiquant le livre.

— L'auteur dit que de tels cas se présentent parfois, et il en donne l'explication habituelle : intensité d'impression et autres théories, pour conclure qu'en règle générale cela ne se produit pas. Peut-être connaissez-vous ces théories... ?

— Très peu... mais elles sont erronées.

Sa main émaciée joua un instant avec le cordon du rideau. Je me disposai à reprendre ma lecture, ce qui sembla précipiter sa remarque suivante. Il se pencha en avant comme s'il eût voulu me toucher.

— N'y a-t-il pas ce qu'on appelle : rêve consécutif, qui se continue nuit après nuit ?

— Je crois que oui. On en cite des cas dans la plupart des ouvrages concernant les troubles cérébraux.

— Troubles cérébraux ? Oui. Je le suppose volontiers. C'est le bon endroit où les classer. Mais ce que je veux dire... — ajouta-t-il en contemplant ses phalanges maigres, — ... est-ce que cette sorte de chose est toujours du rêve ? *Est-ce du rêve ?* Ou est-ce quelque chose d'autre ? Ne se pourrait-il pas que ce fût autre chose ?

J'aurais opposé le silence à ses persistantes questions, n'eût été l'anxiété de ses traits tirés. Je me souviens encore du regard de ses yeux éteints, entre ses paupières rougies ; — peut-être avez-vous vu de ces regards.

— Je ne discute pas seulement sur un point d'opinion, — dit-il, — la chose me tue.

— Les rêves ?

— Si vous appelez cela des rêves... Nuit après nuit... Vifs, nets, oh ! si nets... Ceci — et il indiqua le paysage qui fuyait au long des vitres, — ceci semble irréel en comparaison ! C'est à peine si je puis me rappeler qui je suis, quelle occupation me... — Il se tut. — Tenez, en ce moment...

— Votre rêve est toujours le même, voulez-vous dire ? — insistai-je.

— Il est fini.

— Comment ?

— J'en suis mort.

— Mort !

— Écrasé et tué, et tout ce que ce rêve prenait de mon individu est mort maintenant. Mort à jamais. Je rêvais que j'étais un autre homme, vous comprenez, habitant une autre contrée, vivant à une autre époque. Je rêvais cela nuit après nuit. Nuit après nuit, je me réveillais dans cette autre vie. Des scènes nouvelles et des événements nouveaux... jusqu'à la dernière...

— Où vous êtes mort ?

— Où je suis mort.

— Et depuis lors ?

— Plus rien ! — fit-il. — Dieu merci ! Ce fut la fin du rêve.

Il était clair que j'allais subir le récit de son hallucination. Après tout, j'avais une heure devant moi, la nuit tombait rapidement, et Fortnum Roscoe n'est rien moins que divertissant.

— Vivre à une autre époque ? — m'enquis-je. — Vous voulez bien dire à une autre époque que la nôtre ?

— Oui.

— Passée ?

— Non, à venir... à venir.

— En l'an trois mille, par exemple ?

— Je ne sais pas en quelle année. Je le savais quand je rêvais, mais pas maintenant, plus maintenant que je suis éveillé. Il y a une foule de choses que j'ai oubliées depuis que je me suis éveillé de ces rêves, des choses que je possédais parfaitement lorsque je... lorsque, comme je le suppose, je rêvais. L'année s'appelait d'un nom différent de celui qu'elle porte de nos jours... Comment l'appelait-on ? — gémit-il, en portant péniblement la main à son front. — Je ne sais plus... j'ai oublié.

Il se prit à sourire tristement. Je redoutai pendant quelques secondes qu'il eût renoncé à me narrer son histoire. En règle générale, j'abhorre les gens qui racontent leurs rêves, mais cette fois j'éprouvais un sentiment différent. J'offris même mon secours.

— Cela commençait ?... — invitai-je.

— Ce fut très clair, dès le début. Il me sembla que je m'éveillais en sursaut au milieu de tout cela. Et il est curieux que, dans ces rêves dont je parle, je ne me sois jamais souvenu de mon existence réelle, celle que je vis à présent.

On eût cru que cette vie de songe était suffisante pendant qu'elle durait. Peut-être... Mais je vous dirai comment j'ai eu conscience de moi-même, quand j'aurai fait de mon mieux pour tout me remémorer. Je ne me rappelle rien jusqu'au moment où je me vois assis dans une sorte de loggia donnant sur la mer... J'avais sommeillé et je me réveillai soudain... net et clair... pas du tout comme en rêve... parce que la jeune femme avait cessé de m'éventer...

— La jeune femme ?

— Oui, la jeune femme. Il ne faut pas m'interrompre ou vous allez me faire perdre le fil du récit. — Il se tut brusquement. — Vous n'allez pas croire que je suis fou ? — interrogea-t-il.

— Non, — répliquai-je. — Vous avez rêvé, racontez-moi votre rêve.

— Je me réveillai, dis-je, parce que la jeune femme avait cessé de m'éventer. Je ne fus en aucune façon surpris, vous comprenez. Je n'avais nullement la sensation de tomber là comme des nues. Je pris tout simplement la chose au point où je la trouvais. Tout ce que je pouvais avoir de souvenirs de cette vie-ci, de cette vie du vingtième siècle, s'évanouit à l'instant où je m'éveillai, s'effaça comme un rêve. Je connaissais tout mon nouveau passé, que mon nom n'était plus Cooper mais Hedon ; je n'ignorais rien de ma position dans le monde. J'ai oublié une foule de détails... Il y a un manque de suite, mais c'était alors tout à fait clair et banalement réel.

De nouveau il hésita, et, me regardant d'un air suppliant :

— Tout cela vous paraît du radotage ?

— Non, non ! — me récriai-je. — Continuez. Dites-moi comment était cette loggia.

— Ce n'était pas vraiment une loggia et je ne sais par quel terme la désigner. Elle était exposée au midi, petite et toute ombragée, excepté le demi-cercle au-dessus du balcon, par où l'on voyait le ciel, la mer et le coin où j'aperçus la jeune femme. J'étais allongé sur une couche, une couche de métal avec des coussins légers et rayés de longues bandes... et la jeune femme se tenait accoudée au balcon, le dos tourné. Son joli cou blanc, avec les frisons qui s'y nichaient, et son épaule de neige étaient éclairés par le soleil : le reste de son corps gracieux baignait dans la fraîcheur de l'ombre. Son vêtement... comment le décrirai-je ?... ample et flottant. Je la contemplai là, toute, et je pensai combien elle était belle et désirable, comme si jamais encore je ne l'avais vue. Et quand enfin je soupirai et me soulevai sur mon coude, elle fit un mouvement et montra son visage...

Il s'interrompit.

— J'ai vécu cinquante-trois ans en ce monde. J'ai eu mère, sœurs, amies, épouse et filles ; leurs visages à toutes, leurs jeux de physionomie, je les connais. Mais le visage de cette femme est beaucoup plus réel pour moi. Je puis l'évoquer à ma mémoire au point de le voir encore. Je pourrais le dessiner ou le peindre. Et après tout...

De nouveau il s'arrêta, mais je ne soufflai mot.

— Un visage de rêve... un visage de rêve... Elle était belle. Non de cette beauté terrible, froide, statuesque, comme la beauté d'une sainte, non de cette beauté qui surexcite les passions, mais une sorte d'irradiation, des lèvres suaves qui s'adoucissaient en sourires, et de graves yeux gris. Ses attitudes et ses gestes étaient d'une grâce parfaite... Elle semblait inhérente à toutes les choses agréables et attrayantes...

Une fois encore, il se tut, et il avait la tête baissée, de sorte que je ne pouvais voir ses traits. Mais tout à coup, il me regarda et poursuivit, renonçant à tout effort pour déguiser sa foi absolue en la réalité de son histoire.

— Vous comprenez, j'avais renoncé à mes projets et à mes ambitions, renoncé pour elle à tout ce que j'avais désiré, tout ce que j'avais travaillé à acquérir. Là-bas, dans le Nord, j'avais été un homme puissant, avec de l'influence, des richesses, une grande réputation, mais rien ne m'avait paru désirable à côté d'elle. J'étais venu là avec elle, dans cette cité ensoleillée du plaisir, et j'avais laissé tous mes biens à l'abandon et à la ruine, pour sauver au moins le reste de ma vie. Dès que je l'aimai, avant de savoir si elle se souciait de moi, avant de savoir si elle oserait m'aimer, dès que je l'aimai, tout me parut vain et vide, poussière et cendres... toute mon existence n'était que poussière et cendres. Nuit après nuit, et pendant de longs jours, où j'avais langui de désir, mon âme s'était heurtée contre le fruit défendu ! Mais il est impossible de raconter toutes ces choses, c'est de l'émotion, de la nuance, une lueur qui vacille. Seulement, tant que cette émotion dure, tout change, tout est transformé. Le fait est que je les quittai, indifférent à la crise imminente, dont ils se tireraient comme ils pourraient.

— Mais *qui* avez-vous quitté ? — demandai-je, intrigué.

— Les gens du Nord, là-bas. Dans ce rêve tout au moins, j'étais un personnage très important, cette espèce de personnage à qui les hommes se fient, autour de qui ils se groupent. Des millions d'êtres qui ne m'avaient jamais vu étaient prêts, à cause de leur confiance en moi, à risquer, à accomplir de grandes choses. Il y avait des années que je jouais ce jeu, ce jeu énorme et laborieux, ce jeu vague et monstrueux de la politique, au milieu des intrigues et des traîtrises, des discours et de l'agitation. C'était un vaste monde bouillonnant, et à la fin je fus investi d'une sorte de dictature contre la Clique... amalgame de projets canailles, de basses ambitions, de stupidité pathétique et d'attrape-nigauds... la Clique qui entretenait depuis des années, dans le monde, la confusion, le tumulte, l'aveuglement, et qui ne cessait de s'acheminer vers un désastre infini. Mais je ne pense pas que vous compreniez les complications et les difficultés de l'an... je ne sais plus combien, mais fort en avant de nous. Dans mon rêve, j'étais au courant même des plus petits détails... Sans doute avais-je rêvé de tout cela avant de m'éveiller, et les contours indécis de quelque développement étrange et nouveau que j'avais imaginé s'attardaient encore dans mon esprit, tandis que je me frottais les yeux. Le confus souvenir de cette réalité sordide me faisait remercier le ciel pour la splendeur du soleil qui brillait là. Je me soulevai sur le coude et demeurai ainsi, contemplant la jeune femme et me réjouissant de m'être échappé de ces folies, de ce tumulte, de ces violences, avant qu'il fût trop tard. Après tout, me disais-je, c'est ceci qui est vivre : l'amour et la beauté, le désir et la joie ne valent-ils pas toutes ces sinistres luttes pour des fins gigantesques et vagues ? Et je me blâmais d'avoir jamais cherché la dictature, quand j'aurais pu donner ma vie à l'amour. Oui, mais, m'objectai-je, si je n'avais pas vécu, dans mon jeune temps, d'une vie austère et dure, j'aurais pu me gâter avec des femmes vaines et indignes, et, à cette pensée, tout mon être fut soulevé d'amour et de tendresse pour l'amante si chère qui était venue enfin et m'avait forcé... m'avait contraint, par son charme invincible, à mener cette existence à l'écart.

« — Vous valez plus que tout cela, — dis-je, sans penser qu'elle pouvait entendre. — Vous valez plus que tout au monde, ma toute chère ; vous êtes plus précieuse que l'orgueil et la louange et toutes ces vanités. Mon amour ! vous avez remplacé pour moi tout ce que la vie peut offrir.

« — Venez voir ! — s'écria-t-elle, et j'entends encore sa voix ! — Venez voir les teintes du soleil levant sur le Monte Solaro !

« Je me souviens que je fus debout d'un bond et que je la rejoignis au balcon. Elle posa sa main blanche sur mon épaule et m'indiqua les masses de rochers mauves et roses. Je regardai, mais j'aperçus d'abord les reflets de l'aurore caressant ses joues et son cou. Comment vous dépeindre la scène qui s'étendait devant nous ? Nous étions à Capri...

— J'y suis allé, — dis-je. — J'ai fait l'ascension du Monte Solaro, et au sommet j'ai bu du *Vero Capri*...

— Ah ! — reprit l'homme au visage blême. — Alors, vous pourrez peut-être me renseigner... vous saurez si c'était vraiment Capri. Car, dans cette existence-ci, je n'y suis jamais allé. Laissez-moi vous en faire la description. Nous étions dans une petite salle au centre d'une multitude d'autres petites salles, très fraîches et ensoleillées, creusées dans une sorte de promontoire très haut au-dessus de la mer. L'île entière formait un énorme hôtel, complexe au-delà de tout dire, et, de l'autre côté, on apercevait des kilomètres d'hôtels flottants et d'immenses plates-formes flottantes où les machines volantes abordaient. C'était ce qu'on appelait une Cité de Plaisir. Naturellement il n'y avait rien de pareil dans votre temps... ou plutôt, il n'y a rien de pareil de notre temps, devrais-je dire... de notre temps, c'est évident.

« Or, cette pièce où nous nous trouvions était à l'extrémité du cap, de sorte que la vue s'étendait à l'est et à l'ouest. Vers l'est se dressait une vaste falaise, de mille pieds de haut peut-être, d'un gris froid, à part une brillante bordure d'or ; au-delà, l'île des Sirènes, et la côte qui allait se perdre en s'abaissant dans la splendeur du soleil levant. Et quand on se tournait vers l'ouest, distincte et proche, une petite baie s'abritait sous la falaise, avec une plage minuscule encore dans l'ombre. Hors de l'ombre, le Monte Solaro apparaissait droit et haut, empanaché d'or et de mauve, comme un monarque sur son trône, et la lune blanche s'effaçait derrière, dans le ciel occidental. Devant nous, de l'est à l'ouest, d'innombrables voiles parsemaient la mer aux nuances infinies. À l'est, des barques grises, avec des profils nets et clairs ; mais à l'ouest, on eût dit des barques d'or, d'or étincelant, presque comme de petites flammes. Et, juste au-dessous de nous, se levait, hors des flots, une roche énorme percée d'une brèche. Tout autour, les flots bleus venaient se briser en écume blanche et verdâtre, et une barque avec des rameurs déboucha sous l'arche.

— Je connais cette roche, — dis-je. — J'ai failli me noyer sous la brèche. Avec la roche qui l'accompagne, on les appelle les Faraglioni.

— I Faraglioni ? Oui, c'est le nom qu'elle

leur donnait, — répondit l'homme à la face blême. — Il y a même une histoire que... mais... — Il porta de nouveau la main à son front. — Non, — dit-il, — j'ai oublié l'histoire.

« Voilà donc la première chose que je me rappelle, le premier rêve que j'eus, cette petite chambre ombragée, l'atmosphère et le ciel si purs, et ma chère compagne, avec ses bras neigeux et sa robe gracieuse ; oui, je me souviens que nous revînmes nous asseoir et que nous causâmes à mi-voix... Nous causions à mi-voix, non par crainte, mais parce qu'il y avait encore entre nous une telle fraîcheur d'esprit que nos pensées étaient, je crois, un peu effrayées de se trouver formulées par des mots... et c'est pour cela que nous les échangions tout bas.

« Bientôt, sentant la faim, nous quittâmes notre appartement, et, par un étrange passage au plancher roulant, nous parvînmes dans une vaste salle à manger, où gazouillait une fontaine et où l'on entendait de la musique. C'était un endroit plaisant et gai, avec l'éclaboussement de la lumière et des jets d'eau et le murmure des instruments à cordes. Nous

nous assîmes et nous mangeâmes en ne cessant de nous sourire, et instinctivement j'évitai de regarder un homme qui, à une table voisine, m'observait avec insistance.

« Puis nous nous rendîmes à la salle de danse ; mais je ne saurais la décrire. C'était une salle immense, plus vaste qu'aucun édifice que vous ayez jamais vu, et, en un endroit, on voyait encore la vieille porte de Capri encastrée dans le mur d'une haute galerie. De légères poutrelles, des torsades et des filets d'or s'échappaient des piliers, comme des cascades, et s'entrelaçaient sous le plafond. Tout autour du grand cercle réservé aux danseurs, de belles statues, d'étranges dragons et des figures grotesques, compliquées et merveilleuses, portaient des lampadaires. La salle était inondée d'une lumière artificielle qui faisait honte au soleil levant. Tandis que nous avancions dans la foule, les gens se retournaient pour nous regarder, car, d'un bout à l'autre du monde, mon nom et mes traits étaient connus, et l'on savait que j'avais soudain renoncé à tout orgueil et à toute lutte pour venir en ce lieu. Et l'on regardait surtout ma compagne, encore qu'on ignorât ou qu'on racontât mal l'histoire de notre amour, et la façon dont enfin elle avait consenti à me suivre. Il n'y avait guère de gens là qui ne me jugeassent un homme heureux, en dépit de la honte et du déshonneur qui s'attachaient maintenant à mon nom.

« L'air était plein de musique, plein de parfums délicieux, plein du rythme des mouvements harmonieux. Des milliers de splendides humains fourmillaient dans la salle, se pressaient dans les galeries, s'allongeaient sur les sofas qui garnissaient les embrasures et les retraits. Ils étaient vêtus d'étoffes aux couleurs magnifiques, et couronnés de fleurs. Dans le grand cercle, sous les blanches images des dieux anciens, des couples innombrables dansaient, et de glorieux cortèges de jeunes gens et de jeunes femmes allaient et venaient. Nous aussi nous dansâmes, non pas les banales monotonies de votre temps, de cette époque-ci, veux-je dire, mais des danses belles et enivrantes. Et maintenant encore, je revois ma compagne qui dansait... qui dansait joyeusement. Voyez-vous, elle dansait avec un visage sérieux, elle dansait avec une dignité grave, et cependant elle me souriait et me caressait...

me souriait et me caressait avec ses regards... La musique était très différente, — murmura-t-il, — elle... mais je ne saurais en donner une idée... infiniment plus riche et plus variée qu'aucune musique que j'aie jamais entendue étant éveillé.

« Alors, après que nous eûmes dansé, un homme s'avança vers moi pour me parler. Il était grand, maigre, résolu, très sobrement vêtu pour l'endroit, et déjà j'avais remarqué son visage lorsqu'il m'observait dans la salle à manger, et plus tard, comme nous suivions le passage, j'avais évité son regard. Mais à présent qu'assis dans une petite alcôve nous souriions au plaisir des autres danseurs glissant sur le plancher brillant, il vint à moi, me toucha l'épaule et me parla de telle façon que je fus obligé de l'écouter. Il sollicitait un instant d'entretien particulier.

« — Non, — dis-je, — je n'ai pas de secret pour ma compagne. Que voulez-vous m'apprendre ?

« Il répondit qu'il avait à causer avec moi de choses triviales ou tout au moins dénuées d'intérêt pour une dame.

« — Ou dénuées d'intérêt pour moi, — répliquai-je.

« Il lança un coup d'œil du côté de ma compagne, comme s'il eût voulu en appeler à elle. Puis, brusquement, il me demanda si je connaissais la belliqueuse déclaration qu'Evesham avait faite. Cet Evesham, mon second dans la dictature du grand parti du Nord, était un homme impétueux, dur, imprudent, et moi seul avais été capable de le contenir et de le diriger. Mes partisans demeuraient déconcertés de ma soudaine retraite, non pas tant à cause de mon absence que parce que Evesham restait seul à la tête du parti. De sorte que cette question à propos de ses agissements réveillait un moment mon intérêt pour cette vie à laquelle j'avais renoncé.

« — Je n'ai accordé la moindre attention à aucune nouvelle depuis bien des jours, — dis-je. — Qu'est-ce qu'Evesham a déclaré ?

« Aussitôt l'homme entama son récit, et j'avoue que je fus frappé de la téméraire folie d'Evesham qui employait des mots aussi peu mesurés et aussi menaçants. Et ce messager qu'ils m'avaient envoyé non seulement me résuma le discours d'Evesham, mais il me demanda conseil et m'expliqua jusqu'à quel point ma présence était nécessaire. Pendant qu'il parlait, ma compagne, assise un peu en avant, dévisageait les traits de mon interlocuteur et les miens.

« Mes anciennes habitudes de tactique et mes facultés d'organisation reprirent le dessus : je me voyais déjà de retour subitement dans le Nord et je me rendais compte de l'effet dramatique que produirait ma réapparition. Tout ce que cet homme me raconta témoignait du désordre dans lequel se trouvait mon parti, mais non de sa défaite. Je reviendrais plus fort qu'à mon départ... Alors, je pensai à ma compagne... Vous comprenez ?... Comment m'expliquer mieux ? Nos relations avaient certaines particularités qui rendaient impossible sa présence à mes côtés. Il me faudrait la laisser là, à vrai dire, il me faudrait renoncer à elle clairement et ouvertement, si je voulais mener à bonne fin l'œuvre qui s'offrait à moi dans le Nord. Et l'homme le savait, pendant qu'il nous parlait, à elle et à moi ; il savait aussi bien qu'elle que mes premiers pas vers mon devoir seraient d'abord la séparation, puis l'abandon. Au contact de cette pensée, mon rêve de retour s'écroula. Je me tournai brusquement vers le messager au moment où il s'imaginait que son éloquence commençait à me convaincre.

« — Qu'ai-je à faire avec toutes ces histoires, à présent ? — m'écriai-je. — J'en ai fini, de tout cela. Croyez-vous que c'est pour me rendre indispensable que je suis venu ici ?

« — Non, — dit-il, — mais...

« — Pourquoi ne me laissez-vous pas en paix ? Tout cela est fini. J'ai cessé complètement de jouer un rôle public, je ne suis plus qu'un simple particulier.

« — Oui, — répondit-il. — Mais avez-vous réfléchi ? Ces rumeurs de guerre, ces défis téméraires, ces imprudentes agressions...

« Je me levai :

« — Non ! — Je ne veux pas vous entendre. J'ai établi le compte de toutes ces choses, je les ai pesées... et je suis parti.

« Il parut hésiter sur l'utilité de continuer, et porta ses regards vers ma compagne.

« — La guerre ! — murmura-t-il, comme s'il se parlait à lui-même. Puis il fit lentement demi-tour et s'éloigna.

« Je restai là, plongé dans le tourbillon de

pensées que son appel avait déterminé. Tout à coup, j'entendis la voix de ma compagne :

« — Aimé, — murmurait-elle, — s'ils ont vraiment besoin de toi...

« Elle ne termina pas sa phrase, n'osant conclure. Je me tournai vers son doux visage, et l'équilibre de mon esprit fut ébranlé.

« — Ils n'ont besoin de moi que pour accomplir ce qu'ils n'osent pas risquer d'eux-mêmes, — expliquai-je. — S'ils n'ont pas confiance dans Evesham, qu'ils s'arrangent avec lui comme ils voudront.

« Elle me regardait d'un air indécis.

« — Mais la guerre... — reprit-elle.

« Je vis sur sa face un doute que j'y avais déjà remarqué, un doute d'elle-même et de moi, la première ombre de la révélation qui, envisagée vaillamment et complètement, aurait dû nous séparer à jamais. Mais mon esprit plus mûr pouvait incliner le sien à mon gré vers telle ou telle conviction.

« — Ma toute chère, — dis-je, — tes tourments seraient vains. Il n'y aura pas de guerre... à coup sûr il n'y en aura pas. L'âge des guerres est passé. Fie-t-en à moi, je connais la justice de cette cause. Ils n'ont aucun pouvoir sur moi, ma très chère, et nul n'a de droits sur moi. J'étais libre de choisir ma vie et j'ai choisi celle-ci.

« — Mais la guerre... — répéta-t-elle.

« J'allai m'asseoir près d'elle et, un bras à sa taille, je lui pris la main. Alors je m'efforçai de chasser son doute... je m'efforçai de lui emplir à nouveau l'esprit de pensées agréables. Je lui mentis, et, en lui mentant, je me mentais aussi à moi-même. Elle n'était que trop disposée à me croire, que trop disposée à oublier...

« Bientôt toute ombre eut disparu, et nous nous hâtâmes de gagner la Grotta del Bovo Marino, où nous avions coutume de nous baigner chaque jour. Nous nageâmes en jouant et en nous éclaboussant, et, dans la vague vivifiante, il me semblait que je devenais plus léger et plus fort qu'un mortel. Enfin, nous sortîmes de l'eau, ruisselants, et nous nous poursuivîmes sur les rochers. Puis, revêtus de vêtements secs, nous nous étendîmes au soleil. Bientôt j'appuyai ma tête sur ses genoux, elle posa sa main sur mes cheveux et, sous ses douces caresses, je m'endormis. Et tout à coup, aussi brusquement qu'une corde de violon se casse, je m'éveillai, et j'étais sur mon lit, à Liverpool, dans cette vie d'aujourd'hui. Pendant un instant je ne pus croire que tous ces moments si vivants n'eussent été que la substance d'un rêve.

« Malgré la réalité vivante des choses que je voyais autour de moi, je ne pouvais admettre que c'eût été un rêve. Je fis ma toilette et m'habillai par habitude, pour ainsi dire, et, tout en me rasant, je me demandais pourquoi, moi entre tous, j'abandonnerais la femme que j'aimais, pour retourner à de fantastiques politiques dans le Nord inclément et affairé. Si Evesham contraignait le monde à en revenir à la guerre, que m'importait ? J'étais un homme, avec un cœur d'homme, et pourquoi m'infligerais-je les responsabilités d'une divinité, concernant la façon dont se comportait l'univers ?

« Ce n'est pas là, vous savez, la façon dont je considère les affaires, les véritables affaires... car je suis solicitor... La vision était si réelle, vous entendez, si absolument différente des rêves, que perpétuellement je me remémorais de petits détails sans importance. Les ornements de la couverture d'un livre posé sur la machine à coudre de ma femme me rappelaient, avec une précision extrême, la ligne dorée qui contournait l'armature du sofa, dans l'alcôve où je m'étais entretenu avec le messager de mon parti déserté. Avez-vous jamais entendu parler d'un rêve qui eût un caractère semblable à celui-là ?... dont, par la suite, on se rappelle de menus détails oubliés ?

Je réfléchis. Je n'avais jamais encore remarqué rien de semblable, il avait raison.

— Non, — dis-je — je ne connais pas de rêve pareil. Rarement les rêves présentent ce caractère.

— Eh bien, — reprit-il, — il en est pourtant ainsi du mien. Comme je vous l'ai dit, je suis solicitor à Liverpool, et je ne pouvais m'empêcher de me demander ce que penseraient les clients et les gens d'affaires avec qui je causais dans mon bureau, si je leur révélais tout à coup que j'étais amoureux d'une jeune femme qui naîtrait deux ou trois cents ans plus tard, et préoccupé de la politique des arrière-petits-enfants de mes petits-enfants. Ce jour-là j'avais à négocier un bail de construction pour quatre-vingt-dix-neuf ans. Il s'agissait d'un entrepreneur fort pressé, et nous désirions le lier par tous les moyens possibles.

J'eus une entrevue avec lui, au cours de laquelle il alla jusqu'à s'emporter, de sorte que je me mis au lit dans un état de mauvaise humeur obstinée... Je n'eus pas de rêve, non plus que la nuit suivante : du moins, je ne m'en souviens pas. Ma conviction de l'intense réalité des faits commença à s'ébranler, la certitude s'imposait que c'était un rêve. Mais alors ce rêve revint...

« Ce fut quatre jours plus tard, et tout était différent. Je suis sûr que quatre jours aussi s'étaient écoulés dans le rêve. Bien des événements étaient survenus dans le Nord, et leur ombre à nouveau s'étendait entre nous, pour n'être plus cette fois si aisément dissipée. Je faisais des réflexions maussades. Pourquoi, en dépit de tout, retournerais-je passer le reste de mes jours dans les labeurs et les difficultés, dans les insultes et le mécontentement perpétuel, tout simplement pour épargner à des centaines de millions de gens que je n'aimais pas, que trop souvent je ne pouvais m'empêcher de mépriser, les malheurs et les angoisses de la guerre et de la tyrannie ? En somme, je pouvais échouer. Tous, ils poursuivaient leur but étroit, égoïste. Pourquoi moi aussi ne vivrais-je pas comme un homme ? C'est de telles pensées que le son de sa voix me tira, et je levai les yeux.

« J'étais éveillé et je marchais. Nous étions montés plus haut que la Cité de Plaisir, presque au sommet du Monte Solaro, et nous regardions du côté du golfe. L'après-midi, déjà avancée, était très claire. Au loin, sur la gauche, Ischia paraissait suspendue dans une brume d'or entre le ciel et la mer. Naples étalait ses blancheurs crues sur les collines, et devant nous se dressait le Vésuve surmonté d'un haut et frêle panache qui s'inclinait vers le sud ; à ses pieds, les ruines de Torre dell'Annunziata et de Castellamare scintillaient toutes proches.

— Vous avez été à Capri, naturellement ? — interrompis-je soudain.

— Seulement dans ce rêve, — répondit-il, — seulement dans ce rêve. À travers le golfe, au-delà de Sorrente, les palais flottants de la Cité de Plaisir étaient enchaînés à leurs ancres, et, vers le nord, de vastes plates-formes également flottantes recevaient les aéroplanes... Chaque après-midi, les aéroplanes descendaient du ciel, apportant chacun ses milliers de chercheurs de plaisir, venus, des parties les plus lointaines de la terre, vers Capri et ses délices. Et tout cela s'étendait sous nos yeux. Mais nous ne remarquions qu'incidemment ces détails, à cause d'un spectacle peu commun que nous offrait cette fin de journée. Cinq aéronefs de guerre, qui étaient restés longtemps relégués dans les arsenaux des Bouches-du-Rhin, manœuvraient maintenant dans les hauteurs, à l'est. Evesham avait provoqué un étonnement universel en sortant tout à coup ces engins et en les envoyant planer ici et là. C'était la menace matérielle jetée dans le grand jeu du bluff auquel il s'adonnait, et moi-même j'étais frappé de surprise. Evesham était un de ces hommes énergiques, incroyablement stupides, qui semblent envoyés par le ciel pour créer des désastres. Son énergie, dès l'abord, ressemblait si merveilleusement à du génie ! Mais il n'avait aucune imagination, aucune invention, uniquement une force de volonté entraînante, vaste, inepte, et, pour le soutenir, une confiance folle dans sa chance idiote. Je me rappelle que nous étions debout sur le promontoire, contemplant l'escadre aérienne qui décrivait ses cercles dans le lointain, et je pesais la pleine signification de ce spectacle, prévoyant clairement le tour que prendraient les événements... Et, même alors, il n'était pas trop tard. J'aurais pu, je le savais, retourner là-bas et sauver le monde. Le peuple du Nord me suivrait, j'en étais convaincu, pourvu seulement que, sur un point, je consentisse à respecter ses exigences morales. L'Est et le Sud se fieraient à moi mieux qu'à aucun autre septentrional. J'étais certain que je n'avais qu'à le lui exposer et qu'elle me laisserait partir... Non qu'elle ne m'aimât pas !... Mais je ne voulais pas partir... Ma volonté était toute dirigée dans l'autre sens. Il y avait si peu de temps encore que j'avais rejeté le fardeau des responsabilités ! J'étais un si récent renégat du devoir, que l'aveuglante évidence de ce qu'il fallait que je fisse n'avait aucun pouvoir pour ébranler ma volonté. Ma volonté, c'était de vivre, de goûter des plaisirs, de voir heureuse ma chère compagne. Mais, bien que la conscience de si vastes devoirs négligés ne pût m'arracher de là, c'en était assez pour me rendre silencieux et préoccupé, pour dérober aux heureux jours que je vivais la moitié de leur charme et me plonger dans de sombres méditations pendant le silence de la nuit. Tandis que j'observais le vol des aéroplanes d'Evesham, ces oiseaux de mauvais présage, elle était à mes côtés, m'épiait, soupçonnant mes tourments, d'une façon imprécise sans doute ; ses yeux questionnaient ma physionomie, et leur expression révélait sa perplexité. Les dernières lueurs du couchant, qui s'effaçaient du ciel, ombraient de gris son visage. Ce n'était pas sa faute si elle me retenait : elle me permettait de la quitter, et même, le soir précédent, elle m'avait, avec des larmes, supplié de partir. Enfin, ce fut le sentiment de sa présence qui me secoua de ma torpeur : je me tournai brusquement vers elle et lui proposai de descendre au galop les pentes de la montagne, la mettant au défi de me dépasser.

« — Non, — répondit-elle, comme si mes paroles eussent détonné en l'occurrence ; mais j'étais résolu à dissiper sa gravité et à l'obliger de courir, car personne ne peut être morne et triste après une course qui vous met hors d'haleine... Elle trébucha, et je m'élançai en la soutenant par la taille. Nous évitâmes deux hommes qui se retournèrent, fort étonnés de ma conduite... ils avaient dû me reconnaître. Nous étions à mi-chemin de la pente, lorsqu'un tumulte éclata dans l'air, et nous nous arrêtâmes. Bientôt, par-dessus la crête du mont, les engins de guerre apparurent, volant en file.

À ce point de son récit, l'homme hésita, comme s'il eût voulu entreprendre la description des machines.

— À quoi ressemblaient-elles ? — demandai-je.

— Jamais encore elles n'avaient combattu, — continua l'homme, — tout comme nos cuirassés d'aujourd'hui. Nul ne savait ce qu'elles étaient capables de faire, avec leur équipage surexcité. Peu de gens même se souciaient de l'imaginer. C'étaient de grandes machines automotrices, ayant la forme d'une tête de lance sans hampe, celle-ci remplacée par un propulseur.

— En acier ?

— Non, pas en acier.

— En aluminium ?

— Non, non, rien de ce genre. Un alliage qui était fort commun, aussi commun que le laiton, par exemple. On l'appelait... attendez...

— D'une main il se frotta le front. — J'oublie tout, — dit-il.

— Elles portaient de l'artillerie ?

— Des espèces de petits canons, qui lançaient des projectiles d'une force explosive énorme. On tirait ces canons par l'arrière, par la base, pour ainsi dire, et on éperonnait du bec. Cela, c'était la théorie, vous comprenez, mais ces engins n'avaient encore pris part à aucun combat. Personne n'aurait su dire exactement quels effets ils pourraient produire. Entre-temps, je suppose qu'il était fort agréable de tourbillonner dans l'air, comme un vol de jeunes hirondelles, rapides et vives, et que les capitaines s'efforçaient de ne pas trop penser à ce que serait une vraie bataille. Et ces machines volantes n'étaient qu'une partie des engins inventés et restés sans emploi pendant la longue paix. Il y en avait de toutes sortes, que des gens dérouillaient et fourbissaient : machines infernales, idiotes, qui n'avaient jamais été essayées, engins énormes, explosifs terribles, canons gigantesques. Vous connaissez la manie absurde de ces hommes ingénieux qui inventent de telles choses : ils les fabriquent à la façon dont les castors construisent une digue, sans se préoccuper des rivières qu'ils détournent et des pays qu'ils vont inonder.

« Pendant que nous descendions vers notre hôtel par le long escalier sinueux, je prévis tout : je compris clairement qu'avec le violent et stupide Evesham, la guerre était inévitable et imminente, et je m'imaginai ce qu'elle serait dans ces conditions nouvelles. Et, même alors, sachant pourtant que c'était là ma dernière chance, je ne pus trouver la force de partir.

Il soupira.

— C'était ma dernière chance... Nous attendîmes, pour rentrer dans la Cité, que le ciel fût plein d'étoiles... Nous nous promenâmes sur la haute terrasse et ma compagne me conseillait de partir.

« — Mon très cher, — disait-elle, et son doux visage était levé vers moi, — ici c'est la Mort. Cette vie que tu mènes est la mort. Retourne vers eux, retourne vers ton devoir...

« Elle se mit à pleurer et, suspendue à mon bras, elle répétait, entre ses sanglots :

« — Retourne... retourne...

« Puis soudain elle se tut. Abaissant mes

regards sur ses beaux traits, j'y lus incontinent ce qu'elle venait de penser. C'était un de ces moments où l'on *voit.*

« — Non ! — m'écriai-je.

« — Non ? — demanda-t-elle, surprise et, je suppose, effrayée de ma réponse à sa pensée.

« — Rien, — décidai-je, — ne me fera partir. Rien ! J'ai fait mon choix, j'ai choisi l'amour... Que le monde disparaisse ! Quoi qu'il arrive, je veux vivre cette vie-ci... je veux vivre pour toi ! Rien ne m'en détournera, rien, ma très chère... Même si tu mourais... même si tu mourais...

« — Si je mourais ? — murmura-t-elle.

« — Je mourrais aussi.

« Et, avant qu'elle eût pu prononcer un mot, j'entamai un monologue éloquent, une improvisation passionnée... comme je savais en faire dans cette vie-là... pour exalter l'amour, pour couronner de gloire et d'héroïsme la vie que nous menions et pour présenter l'existence que je désertais comme dure, mauvaise, ignoble à tel point qu'il y avait un grand mérite à la rejeter. Je dépensai toutes les ressources de mes facultés pour projeter des ombres odieuses sur cette existence, cherchant à convaincre ma compagne, à me convertir moi aussi. Nous parlions, et elle se penchait à mon bras, balancée, elle aussi, entre tout ce qu'elle jugeait noble et tout ce qu'elle savait être doux. Enfin, je pris l'essor dans le sublime, faisant du colossal désastre universel le cadre glorieux de notre amour sans pareil, et, pauvres petites âmes insensées, drapées dans cette splendide illusion, ivres de cette décevante gloire, nous nous pavanions sous les étoiles indifférentes. C'est ainsi que je laissai passer ma dernière chance... et c'était bien la dernière. Tandis que nous nous promenions là-haut, les chefs du Sud et de l'Est combinaient leur résolution, et la verte réplique qui culbuta à jamais le bluff d'Evesham prenait forme et attendait. Dans toute l'Asie, sur les Océans, dans le Sud, l'atmosphère retentissait d'avertissements : Préparez-vous ! Préparez-vous ! Aucun être vivant ne savait ce qu'était la guerre. Personne ne s'imaginait quelles horreurs elle apporterait avec toutes ces inventions. Je crois qu'on se figurait encore que ce serait un spectacle grandiose, avec des uniformes, des charges, des acclamations, des triomphes, des drapeaux, des étendards, des musiques, à une époque où la moitié du monde tirait ses ressources alimentaires de régions éloignées de dizaines de milliers de kilomètres...

L'homme au visage blême s'arrêta. Je l'épiai du coin de l'œil ; il examinait attentivement le plancher du wagon. Une petite station, une file de wagons de marchandises, un poste de signaux, l'arrière d'un cottage, apparurent par la portière ; un pont passa avec un tintamarre soudain, renvoyant le tumulte du train.

— Après cela, — reprit-il, — j'ai rêvé souvent. Pendant trois semaines, chaque nuit, ce rêve fut ma vie. Et, torture véritable, il y eut des nuits où je ne pouvais pas rêver, où je restais à me tourner et à me retourner sur mon lit, dans cette maudite vie d'ici. Et là-bas, quelque part, hors d'atteinte pour moi, des choses se passaient, des événements aux conséquences incalculables et terribles... Je vivais la nuit... Mes jours, mes jours de veille, cette existence que je vis à présent, voilà ce qui devint pour moi un rêve effacé, lointain, la couverture d'un livre...

Il réfléchit.

— Je pourrais tout vous raconter, les plus

infimes détails de mon rêve... Mais ce que je faisais pendant le jour... Non ! Je ne puis rien vous en dire... Je ne m'en souviens plus... Ma mémoire... Ma mémoire s'en va. Les occupations de la vie m'échappent.

Il se pencha en avant et pressa ses mains sur ses yeux. Longtemps, il garda le silence.

— Et alors ? — questionnai-je.

— La guerre éclata comme un ouragan.

On eût dit qu'il contemplait devant lui des spectacles indicibles.

— Et alors ? — insistai-je.

— Un rien d'irréalité, et j'aurais cru à des cauchemars, — reprit-il, du ton d'un homme qui parle pour lui-même. — Mais ce n'étaient pas des cauchemars, non !... ce n'étaient pas des cauchemars, non !

De nouveau, il resta muet si longtemps que je craignis de perdre le reste de l'histoire. Mais il se remit à parler du même ton interrogateur.

— Qu'y avait-il à faire, sinon fuir ? Je n'avais pas prévu que les hostilités atteindraient Capri. Je voyais Capri comme en dehors de tout cela, comme un contraste à tout cela. Mais, deux soirs après, toute l'île hurlait et braillait ;

les femmes et presque tous les hommes portaient un insigne, l'insigne d'Evesham ; plus de musique, mais partout une ritournelle d'hymne guerrier ; partout aussi des hommes s'enrôlaient, et, dans les salles de danse, on faisait l'exercice. Des rumeurs de nouvelles s'entrecroisaient et se contredisaient, on répétait que des combats avaient été livrés... Je ne m'y étais pas attendu... J'avais si peu d'expérience de cette vie de plaisir que je n'avais pu conjecturer autant de violence chez des amateurs. Quant à moi, je restais en dehors de tout : j'étais comme un homme qui aurait pu empêcher de faire sauter une poudrière. Le temps avait passé. Je n'étais personne : le plus fol adolescent avec une cocarde comptait pour beaucoup plus que moi. La foule nous bousculait en vociférant à nos oreilles cet hymne maudit qui nous assourdissait ; une femme invectiva ma compagne parce qu'elle n'avait pas de cocarde, et nous retournâmes ensemble à notre logis, malmenés, insultés, ma compagne pâle et muette, moi tremblant de rage. Si furieux étais-je, que je l'aurais querellée si j'avais découvert dans ses yeux un soupçon d'accusation. Toute ma belle assurance m'avait abandonné. J'arpentais notre cellule dans le rocher ; au-dehors, la mer s'assombrissait, et une lueur vers le sud apparaissait, disparaissait, pour reparaître encore.

« — Il faut nous éloigner d'ici, — répétais-je. — J'ai fait mon choix et je ne veux aucunement tremper dans ces troubles. Je ne veux rien savoir de cette guerre. Nous avons placé nos existences en dehors de tout cela. Il n'y a pour nous aucun refuge ici. Partons.

« Et le lendemain nous fuyions la guerre qui déjà envahissait le monde... Tout le reste fut la fuite... tout le reste fut la fuite...

Il médita d'un air sombre.

— Combien de temps cela dura-t-il ? — demandai-je.

Il ne desserra pas les dents.

— Combien de jours ?

Sa figure était blême, ses traits tirés, ses mains crispées. Il ne fit aucune attention à ma curiosité.

Je multipliai mes questions pour qu'il reprît le fil de son histoire.

— En quel endroit allâtes-vous ?

— Quand ?

— Après avoir quitté Capri.

— Vers le sud-ouest, — répondit-il en me lançant un rapide coup d'œil. — Nous partîmes dans une barque.

— J'aurais pensé à un aéroplane.

— Ils avaient tous été réquisitionnés.

Je cessai de l'interroger. Bientôt il fit mine de continuer sa monotone discussion :

— Mais pourquoi est-ce possible ? Si, en vérité, ces combats, ces massacres, ces épouvantes sont la vie, pourquoi ressentons-nous ce désir de la joie et de la beauté ? S'il n'y a aucun sûr refuge, s'il n'y a aucun lieu de paix, et si tous nos rêves de repos et de calme ne sont que folie et embûches, pourquoi les avons-nous ? À coup sûr ce n'étaient pas des appétits ignobles, des intentions basses, qui nous avaient réduits à l'impuissance, c'est l'amour qui nous avait isolés. L'amour était venu avec ses yeux, à elle, et vêtu de sa beauté, plus glorieux que tout, avec la forme et la couleur mêmes de la vie, et m'avait contraint à la suivre. J'avais fait taire toutes les voix, j'avais réfuté tous les arguments, j'étais allé à elle. Et tout à coup, il ne restait plus que la Guerre et la Mort !

J'eus une inspiration.

— Après tout, ce n'était, ce ne pouvait être qu'un rêve — insinuai-je.

— Un rêve ! — s'écria-t-il, s'emportant presque. — Un rêve ! Quand, en ce moment même...

Pour la première fois, il s'animait. Une rougeur légère apparut à ses joues ; il leva sa main ouverte, la ferma et la laissa retomber sur son genou. Il parla, détournant dès lors ses regards de moi.

— Nous ne sommes que fantômes, — dit-il, — et fantômes de fantômes, désirs semblables à des ombres de nuages et à des brins de paille qui tourbillonnent dans le vent ! Les jours passent, l'habitude et l'usage nous emportent, comme un train emporte la trace passagère que ses lumières projettent sur l'ombre... Soit ! Mais il est une chose réelle, certaine, une chose autre qu'un songe, une chose éternelle et durable : elle est le centre de ma vie, et toutes les autres qui l'entourent y sont subordonnées ou entièrement vaines. Je l'aimais, cette femme de mon rêve. Et elle et moi sommes morts ensemble.

« Un rêve ! Comment pourrait-ce être un rêve, quand une vie vivante en est saturée de douleur inapaisable, quand tout ce pour quoi j'ai vécu, tout ce à quoi je tenais en a perdu toute valeur et toute signification ? Jusqu'à l'instant même où elle fut tuée, je crus que nous aurions la chance d'échapper. Pendant toute la nuit et la matinée que nous prit la traversée de Capri à Salerne, nous parlâmes de salut. Nous étions pleins d'espoir, d'un espoir qui ne nous abandonna pas un instant, l'espoir de cette vie que nous vivrions ensemble, hors de toutes ces hontes, hors du conflit et des batailles, loin des passions déchaînées, des permissions et des interdictions arbitraires du monde. Nous étions soulevés d'enthousiasme, comme si notre amour l'un pour l'autre eût été une mission sacrée... Quand, de notre barque, nous contemplions ce bel et grand rocher de Capri, déjà couturé de cicatrices et de plaies, pour ainsi dire, par les emplacements où l'on disposait des pièces d'artillerie, par les abris et les travaux qui le transformaient en forteresse, nous ne parvenions pas à nous figurer le massacre imminent, encore que la furie des préparatifs se manifestât en cent endroits divers par des bouffées de fumée et des nuages de poussière.

J'avoue que je pris ce spectacle comme texte pour en discourir. Le rocher se dressait derrière nous, superbe encore malgré ses balafres, avec ses fenêtres, ses arches, ses allées innombrables, s'étageant sur une hauteur de plus de mille pieds, immense édifice taillé et sculpté dans la pierre grise, interrompu par des terrasses plantées de vignes, des bosquets d'orangers et de citronniers, des buissons d'agaves et de cactiers à raquettes, des touffes d'amandiers en fleurs. Par l'arcade construite au-dessus de la Piccola Marina, d'autres barques sortaient, et, comme nous doublions le cap et arrivions en vue de la côte, tout un chapelet d'embarcations apparut, fuyant sous le vent vers le sud-ouest. En un instant, il y en eut une multitude, les plus lointaines ayant l'air de petites taches d'outre-mer dans l'ombre que projetait la falaise de l'est.

« — C'est l'amour et la raison, — dis-je, — fuyant cette folie de la guerre.

« Bientôt nous aperçûmes une escadre d'aéroplanes traversant le ciel dans le sud, mais nous n'y fîmes pas attention. C'était une ligne de petits points noirs qui se multiplièrent en tachetant tout l'horizon. D'abord, on ne vit qu'une infinité de pointillements bleus, qui, tout à coup, donnant de la bande, heurtèrent, sembla-t-il, les rayons du soleil et ne furent plus qu'un éclaboussement de lumière. Ils avançaient, s'élevant et prolongeant, plus gros à chaque instant, comme un immense vol de mouettes, de corbeaux ou de gros oiseaux migrateurs, évoluant avec une merveilleuse uniformité, et couvrant une étendue de ciel plus vaste à mesure qu'ils approchaient. L'aile du sud se forma tout à coup en fer de lance, pointée dans le soleil, puis, par une soudaine conversion, elle prit la direction de l'est, chaque engin devenant de plus en plus petit et de plus en plus net, jusqu'à ce qu'ils fussent hors de vue. Ensuite, nous observâmes très haut, dans le nord, les machines de combat d'Evesham planant au-dessus de Naples comme un vol nocturne de chauves-souris. Tout cela ne semblait pas plus nous concerner qu'une bande d'oiseaux. Même, le grondement des canons au loin, vers le sud-est, était pour nous sans importance. Chaque jour, chaque rêve après cela, nous cherchâmes, dans le même état d'exaltation, le refuge où nous pourrions vivre et nous aimer. La fatigue et maintes souffrances nous accablaient. Nous étions couverts de poussière et de souillures, à demi morts de faim, et horrifiés par le spectacle des cadavres et par la fuite des paysans, car une rafale guerrière avait balayé la péninsule. Et, malgré toutes ces atrocités qui nous hantaient l'esprit, notre volonté d'échapper s'affermissait.

« Oh ! qu'elle fut vaillante et patiente ! Elle qui n'avait jamais connu les fatigues et les privations, elle eut du courage pour elle et pour moi. Nous errions de-ci de-là dans une contrée dépouillée et ravagée par les armées qui se rassemblaient. Nous n'avions d'autre ressource que d'aller à pied. D'abord, nous vîmes d'autres fugitifs ; mais nous ne nous joignîmes pas à eux. Les uns s'échappaient, les autres étaient entraînés dans le torrent de population agricole qui parcourait les grandes routes ; certains se remettaient entre les mains de la soldatesque qui les expédiait vers le nord, et la plupart des hommes étaient obligés de s'enrôler. Mais nous nous tînmes à l'écart : nous n'avions pris aucun argent pour payer notre passage, et je craignais que ma compagne ne tombât entre les mains de ces hordes mal disciplinées. Après avoir débarqué à Salerne et avoir été repoussés à Cava, nous avions essayé de gagner Tarente par un défilé du mont Alburno ; mais le manque de nourriture nous avait ramenés sur nos pas, et nous étions redescendus vers les marais de Paestum, dans la solitude desquels se dressent les grands temples antiques. J'avais une vague idée qu'aux environs il serait possible de trouver une embarcation quelconque et de reprendre la mer. Et ce fut là que la bataille nous surprit. Une sorte d'aveuglement me possédait. J'aurais dû voir nettement que nous étions cernés, que les vastes filets de cette guerre gigantesque nous tenaient dans leurs replis. À maintes reprises, nous avions vu les recrues amenées du nord, qui manœuvraient ici et là : de la montagne nous les avions aperçues au loin, transportant les munitions et préparant les batteries. Une fois même, nous crûmes qu'on avait tiré sur nous, nous prenant pour des espions... En tout cas, une balle avait sifflé au-dessus de nos têtes. Plusieurs fois aussi nous nous étions cachés dans les bois pour échapper aux aéroplanes. Mais ces nuits de fuite et de souffrance n'importent plus guère maintenant... Nous nous trouvâmes enfin dans un espace désert, auprès d'un de ces grands temples de Paestum, en un endroit rocailleux, désolé, couvert de buissons épineux, une terrasse si plate qu'on apercevait, dans le lointain, jusqu'à leur base, un bouquet d'eucalyptus. Comme je revois clairement tout cela ! Ma compagne était assise près d'un buisson et prenait un peu de repos, car elle était très affaiblie et très lasse ; je restais debout, cherchant à supputer à quelle distance se livrait la bataille. Les deux partis combattaient avec ces nouvelles et terribles armes dont jamais on n'avait fait usage : des canons qui portaient plus loin que la vue, des aéroplanes qui... Ah ! leur portée à ceux-là dépasse toute prévision !... Je savais que nous étions entre les deux armées et qu'elles se rapprochaient. Je savais que nous étions en danger et que nous ne pouvions pas nous arrêter là et nous reposer. Et, bien que j'eusse toutes ces pensées très nettes dans l'esprit, je m'efforçais de les reléguer au second plan. C'étaient là des choses qui ne nous concernaient pas... Par-dessus tout, je songeais à ma compagne. Une détresse douloureuse m'envahissait. Pour la première fois elle s'était avouée vaincue et avait pleuré... Je l'entendais sangloter derrière moi, mais je ne voulais pas me retourner, parce que je savais qu'elle avait besoin de pleurer et que trop longtemps elle avait contenu ses larmes pour moi. Il était bon, me disais-je, qu'elle pleurât et prît du repos avant de nous remettre en marche, car je n'avais aucun soupçon de ce qui nous menaçait. Je la vois encore, assise, sa belle chevelure sur ses épaules, je revois ses joues creusées profondément...

« — Si nous nous étions séparés, si je t'avais laissé partir ! — gémit-elle.

« — Non, — répondis-je, — même maintenant, je ne me repens de rien, je ne veux rien regretter ; j'ai fait mon choix et j'irai jusqu'au bout !

« Et alors... Au-dessus de nos têtes, dans le ciel, quelque chose glissa et éclata, et, tout autour de nous, j'entendis des projectiles qui tombaient comme une grêle de pois. Ils écornaient les pierres, faisaient voler des fragments de briques...

Il porta sa main à sa gorge et passa sa langue sur ses lèvres pour les humecter.

— ... Au bruit, je m'étais retourné... Elle se

levait... Elle se leva... et elle fit un pas... comme si elle voulait accourir vers moi... Une balle lui traversa le cœur.

L'homme s'arrêta et me regarda avec de grands yeux fixes. Je ressentais la gêne stupide qu'éprouvent mes compatriotes en de pareilles circonstances. Un instant je soutins son regard, puis je me détournai vers la portière. Tout un long moment, nous gardâmes le silence. Quand, enfin, je reportai mes yeux sur lui, il était appuyé au dossier du compartiment, dans son coin, les bras croisés, une main à sa bouche et se rongeant les jointures. Soudain, il se mordit un ongle et l'examina.

— Je la pris dans mes bras et l'emportai vers les temples... je ne sais pas pourquoi... ils me semblaient une sorte de sanctuaire, sans doute parce qu'ils avaient duré si longtemps... Elle avait dû mourir instantanément... Néanmoins, je lui parlai... pendant tout le chemin...

Il s'interrompit.

— Oui, j'ai vu ces temples, — dis-je brusquement, et en réalité ses paroles avaient nettement évoqué à mes yeux les arcades paisibles et ensoleillées de Paestum.

— J'allai vers le plus sombre... le grand

temple sombre... je m'assis sur un pilier renversé et la tins sur mes genoux... sans plus rien dire, après que le premier flot de paroles fut tari... Au bout d'un instant, les lézards sortirent et coururent de-ci de-là, comme si rien d'insolite ne se passait, comme si rien n'était changé... Il régnait là une paix immense, le soleil était très haut et les ombres immobiles, mêmes les ombres des grandes herbes sur les entablements ne bougeaient pas, malgré les détonations et le fracas qui emplissaient le ciel. Je me rappelle que les aéroplanes montèrent du sud et que la bataille s'éloigna vers l'ouest. Un aéroplane fut atteint, culbuta et tomba... Je m'en souviens, bien que je n'y prisse aucun intérêt. Cela me paraissait dépourvu de signification... On aurait dit une mouette blessée qui battait de l'aile à la surface des flots. Je l'apercevais à l'une des extrémités du temple... grande forme noire dans l'eau bleue miroitante. Trois ou quatre fois des projectiles éclatèrent sur la grève. Chaque fois, les lézards se faufilaient dans les interstices et se cachaient un moment. C'est tout le dégât qui fut causé, sauf, une fois, une balle égarée qui érafla la pierre non loin de moi, laissant une trace brillante... Puis, à mesure que les ombres s'allongèrent, le silence s'accrut... Chose curieuse, — expliqua-t-il, du ton d'un homme qui énonce une observation triviale, — je ne pensais pas, je n'avais pas une pensée. Je restais assis, avec ma bien-aimée dans mes bras, au milieu des ruines, dans une sorte de léthargie, de stagnation... Et je ne me rappelle pas m'être réveillé. Je ne me rappelle pas m'être habillé ce jour-là... Je sais que je me retrouvai dans mon bureau, toutes mes lettres ouvertes devant moi, et je fus frappé de ce qu'il y avait d'absurde à me voir là, puisqu'en réalité j'étais assis, étourdi, hébété, atterré dans ce temple de Paestum, avec une morte dans mes bras. Je lus machinalement mes lettres... j'ai oublié ce qu'elles contenaient.

Il s'arrêta, et un long silence suivit. Soudain, je remarquai que nous descendions la pente entre la station de Chalk Farm et la gare d'Euston. Je tressaillis en constatant avec quelle rapidité le temps avait passé ; brusquement je me tournai vers lui et lui posai tout net cette question :

— Avez-vous encore rêvé après cela ?

— Oui.

Il sembla se contraindre pour finir. Sa voix était presque éteinte.

— Oui, une fois encore... et pendant quelques instants seulement. Je crus sortir soudain d'une grande apathie... J'étais assis dans une autre position et le corps de la morte reposait sur la pierre à côté, un corps décharné, défiguré... pas elle, vous savez... si tôt... ce n'était pas elle... Il se peut que j'aie entendu des voix... je ne sais plus... Seulement je compris clairement que des étrangers allaient profaner cette solitude, et que c'était là un suprême outrage. Je me levai et traversai le temple... Alors j'aperçus un homme, d'abord, avec une face jaune, vêtu d'un uniforme blanc sale bordé de bleu, puis plusieurs autres, escaladant la crête du vieux mur de la cité écroulée, et ils restaient là, l'arme à la main, scrutant l'étendue devant eux. Plus loin, j'en vis d'autres, et d'autres encore déployés en tirailleurs. Bientôt l'homme que j'avais vu le premier se dressa et jeta un commandement; les soldats dégringolèrent du mur et se dirigèrent vers le temple parmi les hautes herbes; il descendit avec eux et s'avança à leur tête. Il venait droit sur moi, mais quand il me vit, il s'arrêta.

D'abord, j'avais observé ce spectacle par simple curiosité, mais lorsque je compris qu'ils se disposaient à pénétrer dans le temple, ma première impulsion fut de le leur interdire.

« — N'entrez pas en ce lieu ! — criai-je à l'officier. — J'y suis, mais je suis ici avec ma morte.

« Il me regarda étonné et me lança une question dans une langue inconnue. Je réitérai mon injonction. Il répondit de nouveau par sa phrase. Je croisai les bras et restai debout immobile. Il adressa un ordre à ses hommes et se remit en marche ; il portait une épée nue à la main. Je lui fis signe de ne pas poursuivre, mais il continua d'approcher. Je lui répétai patiemment et clairement : « N'entrez pas en ce lieu. Ce sont ici de vieux temples, et je veux être seul avec ma morte. » Bientôt, il fut assez près pour que je pusse distinguer ses traits. Il avait une figure étroite, des yeux gris terne et une moustache noire. Une balafre coupait sa lèvre supérieure ; une barbe de plusieurs jours s'ajoutait à la poussière et à la sueur qui lui souillait la face. Il ne cessait de me crier des choses inintelligibles, des questions, peut-être. Je sais maintenant qu'il avait peur de moi, mais alors je ne m'en rendis pas compte. Comme j'essayais de lui donner des explications, il m'interrompit sur un ton impérieux, m'enjoignant, je suppose, de lui faire place. Il fit mine de passer malgré moi, et je le saisis par les bras. Sous mon étreinte, je vis ses traits changer.

« — Insensé ! — hurlai-je, — ne comprenez-vous pas ? Elle est morte !

« Il se rejeta en arrière, m'épiant avec des yeux cruels, dans lesquels je vis soudain une sorte de résolution passionnée, puis, avec une expression de haine, il recula son épée et tendit le bras...

L'homme s'interrompit tout à coup. Je constatai un changement dans le rythme du train. Les freins élevèrent la voix, et le wagon oscilla avec quelques secousses. Le monde actuel affirmait, et bruyamment, sa réalité. Je distinguai, à travers la vitre embue, d'énormes globes électriques épandant leur clarté, du haut de leurs mâts, sur un épais brouillard ; des convois de wagons vides nous croisèrent, puis ce fut un poste à signaux agitant ses constellations rouges et vertes, dans le ténébreux crépuscule de Londres. Je reportai mes regards sur les traits tirés de l'homme.

— ... Il me passa son arme à travers le cœur, — reprit-il. — Ce fut avec une sorte d'étonnement... sans crainte, sans souffrance... une simple surprise seulement, que je me sentis transpercer, que je sentis l'épée pénétrer dans mon corps. Cela ne me fit pas mal, vous savez, aucun mal...

Les lumières jaunes des quais parurent aux portières, passant rapidement d'abord, puis lentement et s'arrêtant enfin avec une secousse. De vagues formes humaines s'agitaient au-dehors.

— Euston ! — cria une voix.

— Voulez-vous dire... ? — insistai-je.

— Je ne ressentis ni douleur, ni piqûre, ni déchirement. De la surprise, puis des ténèbres qui recouvrirent tout. La figure brutale et haineuse de l'homme qui m'avait tué parut reculer... Elle s'évanouit tout à fait.

— Euston ! — braillaient des voix sur le quai. — Euston !

La porte du wagon s'ouvrit, laissant entrer

un vacarme assourdissant, et un porteur parut. Le bruit des portières qu'on refermait violemment, le claquement des sabots des chevaux sur le pavé, et, au fond de tout cela, la confuse et lointaine rumeur des rues londoniennes, m'emplirent les oreilles. Un chariot chargé de lampes allumées promena ses clartés au long du quai.

— ... Des ténèbres, un déluge de ténèbres qui s'ouvrit, se répandit, submergea toutes choses...

— Pas de bagages, Messieurs ? — demanda le porteur.

— Et ce fut la fin ? — questionnai-je.

Mon compagnon parut hésiter. Puis, d'une voix à peine perceptible, il répondit :

— *Non.*

— Comment ?

— Je ne pus aller jusqu'à elle ! Elle était là-bas de l'autre côté du temple... Et alors...

— Alors ? — insistai-je. — Alors ?

— Cauchemars ! — cria-t-il. — Cauchemars, certes ! Mon Dieu ! De grands oiseaux qui se battaient et qui déchiraient...

DÉCOUVREZ LES FOLIO 2 €

Parutions de mai 2004

ISAAC ASIMOV — *Mortelle est la nuit* précédé de *Chante-cloche*

Isaac Asimov, le célèbre auteur du cycle de *Fondation,* mêle science-fiction et énigme policière avec un humour débridé et un talent incontesté.

COLLECTIF — *Au bonheur de lire*

Écrivains ou héros de romans, tous peuvent témoigner de ces moments de bonheur où plus rien n'existe, hormis les histoires enfouies entre les pages d'un livre.

ROALD DAHL — *Gelée royale* précédé de *William et Mary*

Plongez dans l'effroi pour éclater de rire à la page suivante avec Roald Dahl, maître de l'humour noir *so british* !

DENIS DIDEROT — *Lettre sur les aveugles à l'usage de ceux qui voient*

Une brillante et impertinente remise en cause de la réalité telle que nous la percevons, remise en cause dont la hardiesse vaudra la prison à son auteur…

YUKIO MISHIMA — *Martyre* précédé de *Ken*

Deux nouvelles raffinées et cruelles qui mettent en scène des adolescents à la sexualité trouble.

ELSA MORANTE — *Donna Amalia* et autres nouvelles

Dans ces quelques nouvelles, l'univers magique de l'enfance, avec ses mystères et ses joies, est décrit avec sensibilité, poésie et talent par l'auteur de *La Storia.*

LUDMILA OULITSKAÏA *La maison de Lialia* et autres nouvelles

Avec une justesse et une acuité qui font d'elle la digne héritière de Tchekhov, Ludmila Oulitskaïa décrit par petites touches la vie des Moscovites.

RABINDRANATH TAGORE *La petite mariée* suivi de *Nuage et Soleil*

Deux nouvelles de Rabindranath Tagore, l'un des plus grands poètes indiens, qui font rimer émotion et passion.

IVAN TOURGUÉNIEV *Clara Militch* (Après la mort)

Une incroyable et bouleversante histoire d'amour par-delà la mort.

H. G. WELLS *Un rêve d'Armageddon* précédé de *La porte dans le mur*

Deux nouvelles fantastiques où rêve et réalité sont étroitement mêlés par l'auteur de *La guerre des mondes* et de *La machine à explorer le temps.*

Dans la même collection

R. AKUTAGAWA *Rashômon* et autres contes (Folio n° 3931)

M. AMIS *L'état de l'Angleterre*, précédé de *Nouvelle carrière* (Folio n° 3865)

ANONYME *Le poisson de jade et l'épingle au phénix* (Folio n° 3961)

G. APOLLINAIRE *Les Exploits d'un jeune don Juan* (Folio n° 3757)

ARAGON *Le collaborateur* et autres nouvelles (Folio n° 3618)

T. BENACQUISTA *La boîte noire* et autres nouvelles (Folio n° 3619)

K. BLIXEN	*L'éternelle histoire* (Folio n° 3692)
M. BOULGAKOV	*Endiablade* (Folio n° 3962)
L. BROWN	*92 jours* (Folio n° 3866)
S. BRUSSOLO	*Trajets et itinéraires de l'oubli* (Folio n° 3786)
J. M. CAIN	*Faux en écritures* (Folio n° 3787)
A. CAMUS	*Jonas ou l'artiste au travail*, suivi de *La pierre qui pousse* (Folio n° 3788)
T. CAPOTE	*Cercueils sur mesure* (Folio n° 3621)
A. CARPENTIER	*Les Élus* et autres nouvelles (Folio n° 3963)
R. CHANDLER	*Un mordu* (Folio n° 3926)
COLLECTIF	*Des mots à la bouche.* Festins littéraires (Folio n° 3927)
COLLECTIF	*Il pleut des étoiles* (Folio n° 3864)
COLLECTIF	« *Leurs yeux se rencontrèrent* » (Folio n° 3785)
COLLECTIF	« *Ma chère Maman...* » (Folio n° 3701)
COLLECTIF	*Un ange passe* (Folio n° 3964)
J. CONRAD	*Jeunesse* (Folio n° 3743)
J. CORTÁZAR	*L'homme à l'affût* (Folio n° 3693)
D. DAENINCKX	*Leurre de vérité* et autres nouvelles (Folio n° 3632)
R. DAHL	*L'invité* (Folio n° 3694)
M. DÉON	*Une affiche bleue et blanche* et autres nouvelles (Folio n° 3754)
R. DUBILLARD	*Confession d'un fumeur de tabac français* (Folio n° 3965)
S. ENDÔ	*Le dernier souper* et autres nouvelles (Folio n° 3867)

W. FAULKNER — *Une rose pour Emily* et autres nouvelles (Folio n° 3758)

F. SCOTT FITZGERALD — *La Sorcière rousse*, précédé de *La coupe de cristal taillé* (Folio n° 3622)

C. FUENTES — *Apollon et les putains* (Folio n° 3928)

R. GARY — *Une page d'histoire* et autres nouvelles (Folio n° 3759)

J. GIONO — *Arcadie... Arcadie...*, précédé de *La pierre* (Folio n° 3623)

W. GOMBROWICZ — *Le festin chez la comtesse Fritouille* et autres nouvelles (Folio n° 3789)

H. GUIBERT — *La chair fraîche* et autres textes (Folio n° 3755)

E. HEMINGWAY — *L'étrange contrée* (Folio n° 3790)

E.T.A. HOFFMANN — *Le Vase d'or* (Folio n° 3791)

H. JAMES — *Daisy Miller* (Folio n° 3624)

T. JONQUET — *La folle aventure des Bleus...*, suivi de *DRH* (Folio n° 3966)

F. KAFKA — *Lettre au père* (Folio n° 3625)

J. KEROUAC — *Le vagabond américain en voie de disparition*, précédé de *Grand voyage en Europe* (Folio n° 3695)

J. KESSEL — *Makhno et sa juive* (Folio n° 3626)

R. KIPLING — *La marque de la Bête* et autres nouvelles (Folio n° 3753)

LAO SHE — *Histoire de ma vie* (Folio n° 3627)

LAO-TSEU — *Tao-tö king* (Folio n° 3696)

J. M. G. LE CLÉZIO — *Peuple du ciel*, suivi de *Les bergers* (Folio n° 3792)

P. MAGNAN — *L'arbre* (Folio n° 3697)

I. McEWAN — *Psychopolis* et autres nouvelles (Folio n° 3628)

H. MILLER — *Plongée dans la vie nocturne...*, précédé de *La boutique du Tailleur* (Folio n° 3929)

S. MINOT — *Une vie passionnante* et autres nouvelles (Folio n° 3967)

Y. MISHIMA — *Dojoji* et autres nouvelles (Folio n° 3629)

MONTAIGNE — *De la vanité* (Folio n° 3793)

V. NABOKOV — *Un coup d'aile*, suivi de *La Vénitienne* (Folio n° 3930)

K. ÔÉ — *Gibier d'élevage* (Folio n° 3752)

C. PAVESE — *Terre d'exil* et autres nouvelles (Folio n° 3868)

E. A. POE — *Aventure sans pareille d'un certain Hans Pfaall* (Folio n° 3862)

L. PIRANDELLO — *Première nuit* et autres nouvelles (Folio n° 3794)

R. RENDELL — *L'Arbousier* (Folio n° 3620)

P. ROTH — *L'habit ne fait pas le moine*, précédé de *Défenseur de la foi* (Folio n° 3630)

D. A. F. DE SADE — *Ernestine. Nouvelle suédoise* (Folio n° 3698)

J.-P. SARTRE — *L'enfance d'un chef* (Folio n° 3932)

B. SCHLINK — *La circoncision* (Folio n° 3869)

L. SCIASCIA — *Mort de l'Inquisiteur* (Folio n° 3631)

SÉNÈQUE — *De la constance du sage*, suivi de *De la tranquillité de l'âme* (Folio n° 3933)

G. SIMENON	*L'énigme de la* Marie-Galante (Folio n° 3863)
D. SIMMONS	*Les Fosses d'Iverson* (Folio n° 3968)
I. B. SINGER	*La destruction de Kreshev* (Folio n° 3871)
P. SOLLERS	*Liberté du XVIIIème* (Folio n° 3756)
R. L. STEVENSON	*Le Club du suicide* (Folio n° 3934)
J. TANIZAKI	*Le coupeur de roseaux* (Folio n° 3969)
M. TOURNIER	*Lieux dits* (Folio n° 3699)
M. VARGAS LLOSA	*Les chiots* (Folio n° 3760)
P. VERLAINE	*Chansons pour elle* et autres poèmes érotiques (Folio n° 3700)
VOLTAIRE	*Traité sur la tolérance* (Folio n° 3870)
E. WHARTON	*Les lettres* (Folio n° 3935)
R. WRIGHT	*L'homme qui vivait sous terre* (Folio n° 3970)

COLLECTION FOLIO

Dernières parutions

3754. Michel Déon	*Une affiche bleue et blanche.*
3755. Hervé Guibert	*La chair fraîche.*
3756. Philippe Sollers	*Liberté du XVIIIème.*
3757. Guillaume Apollinaire	*Les Exploits d'un jeune don Juan.*
3758. William Faulkner	*Une rose pour Emily* et autres nouvelles.
3759. Romain Gary	*Une page d'histoire.*
3760. Mario Vargas Llosa	*Les chiots.*
3761. Philippe Delerm	*Le Portique.*
3762. Anita Desai	*Le jeûne et le festin.*
3763. Gilles Leroy	*Soleil noir.*
3764. Antonia Logue	*Double cœur.*
3765. Yukio Mishima	*La musique.*
3766. Patrick Modiano	*La Petite Bijou.*
3767. Pascal Quignard	*La leçon de musique.*
3768. Jean-Marie Rouart	*Une jeunesse à l'ombre de la lumière.*
3769. Jean Rouaud	*La désincarnation.*
3770. Anne Wiazemsky	*Aux quatre coins du monde.*
3771. Lajos Zilahy	*Le siècle écarlate. Les Dukay.*
3772. Patrick McGrath	*Spider.*
3773. Henry James	*Le Banc de la désolation.*
3774. Katherine Mansfield	*La Garden-Party* et autres nouvelles.
3775. Denis Diderot	*Supplément au Voyage de Bougainville.*
3776. Pierre Hebey	*Les passions modérées.*
3777. Ian McEwan	*L'Innocent.*
3778. Thomas Sanchez	*Le Jour des Abeilles.*
3779. Federico Zeri	*J'avoue m'être trompé. Fragments d'une autobiographie.*
3780. François Nourissier	*Bratislava.*
3781. François Nourissier	*Roman volé.*

3782.	Simone de Saint-Exupéry	*Cinq enfants dans un parc.*
3783.	Richard Wright	*Une faim d'égalité.*
3784.	Philippe Claudel	*J'abandonne.*
3785.	Collectif	*«Leurs yeux se rencontrèrent...». Les plus belles premières rencontres de la littérature.*
3786.	Serge Brussolo	*Trajets et itinéraires de l'oubli.*
3787.	James M. Cain	*Faux en écritures.*
3788.	Albert Camus	*Jonas ou l'artiste au travail* suivi de *La pierre qui pousse.*
3789.	Witold Gombrovicz	*Le festin chez la comtesse Fritouille* et autres nouvelles.
3790.	Ernest Hemingway	*L'étrange contrée.*
3791.	E. T. A Hoffmann	*Le Vase d'or.*
3792.	J. M. G. Le Clezio	*Peuple du ciel* suivi de *Les Bergers.*
3793.	Michel de Montaigne	*De la vanité.*
3794	Luigi Pirandello	*Première nuit et autres nouvelles.*
3795.	Laure Adler	*À ce soir.*
3796.	Martin Amis	*Réussir.*
3797.	Martin Amis	*Poupées crevées.*
3798.	Pierre Autin-Grenier	*Je ne suis pas un héros.*
3799.	Marie Darrieussecq	*Bref séjour chez les vivants.*
3800.	Benoît Duteurtre	*Tout doit disparaître.*
3801.	Carl Friedman	*Mon père couleur de nuit.*
3802.	Witold Gombrowicz	*Souvenirs de Pologne.*
3803.	Michel Mohrt	*Les Nomades.*
3804.	Louis Nucéra	*Les Contes du Lapin Agile.*
3805.	Shan Sa	*La joueuse de go.*
3806.	Philippe Sollers	*Éloge de l'infini.*
3807.	Paule Constant	*Un monde à l'usage des Demoiselles.*
3808.	Honoré de Balzac	*Un début dans la vie.*
3809.	Christian Bobin	*Ressusciter.*
3810.	Christian Bobin	*La lumière du monde.*
3811.	Pierre Bordage	*L'Évangile du Serpent.*
3812.	Raphaël Confiant	*Brin d'amour.*
3813.	Guy Goffette	*Un été autour du cou.*
3814.	Mary Gordon	*La petite mort.*

3815. Angela Huth	*Folle passion.*
3816. Régis Jauffret	*Promenade.*
3817. Jean d'Ormesson	*Voyez comme on danse.*
3818. Marina Picasso	*Grand-père.*
3819. Alix de Saint-André	*Papa est au Panthéon.*
3820. Urs Widmer	*L'homme que ma mère a aimé.*
3821. George Eliot	*Le Moulin sur la Floss.*
3822. Jérôme Garcin	*Perspectives cavalières.*
3823. Frédéric Beigbeder	*Dernier inventaire avant liquidation.*
3824. Hector Bianciotti	*Une passion en toutes Lettres.*
3825. Maxim Biller	*24 heures dans la vie de Mordechaï Wind.*
3826. Philippe Delerm	*La cinquième saison.*
3827. Hervé Guibert	*Le mausolée des amants.*
3828. Jhumpa Lahiri	*L'interprète des maladies.*
3829. Albert Memmi	*Portrait d'un Juif.*
3830. Arto Paasilinna	*La douce empoisonneuse.*
3831. Pierre Pelot	*Ceux qui parlent au bord de la pierre (Sous le vent du monde, V).*
3832. W.G Sebald	*Les émigrants.*
3833. W.G Sebald	*Les Anneaux de Saturne.*
3834. Junichirô Tanizaki	*La clef.*
3835. Cardinal de Retz	*Mémoires.*
3836. Driss Chraïbi	*Le Monde à côté.*
3837. Maryse Condé	*La Belle Créole.*
3838. Michel del Castillo	*Les étoiles froides.*
3839. Aïssa Lached-Boukachache	*Plaidoyer pour les justes.*
3840. Orhan Pamuk	*Mon nom est Rouge.*
3841. Edwy Plenel	*Secrets de jeunesse.*
3842. W. G. Sebald	*Vertiges.*
3843. Lucienne Sinzelle	*Mon Malagar.*
3844. Zadie Smith	*Sourires de loup.*
3845. Philippe Sollers	*Mystérieux Mozart.*
3846. Julie Wolkenstein	*Colloque sentimental.*
3847. Anton Tchékhov	*La Steppe. Salle 6. L'Évêque.*
3848. Alessandro Baricco	*Châteaux de la colère.*
3849. Pietro Citati	*Portraits de femmes.*
3850. Collectif	*Les Nouveaux Puritains.*

3851. Maurice G. Dantec — *Laboratoire de catastrophe générale.*
3852. Bo Fowler — *Scepticisme & Cie.*
3853. Ernest Hemingway — *Le jardin d'Éden.*
3854. Philippe Labro — *Je connais gens de toutes sortes.*
3855. Jean-Marie Laclavetine — *Le pouvoir des fleurs.*
3856. Adrian C. Louis — *Indiens de tout poil et autres créatures.*
3857. Henri Pourrat — *Le Trésor des contes.*
3858. Lao She — *L'enfant du Nouvel An.*
3859. Montesquieu — *Lettres Persanes.*
3860. André Beucler — *Gueule d'Amour.*
3861. Pierre Bordage — *L'Évangile du Serpent.*
3862. Edgar Allan Poe — *Aventure sans pareille d'un certain Hans Pfaal.*
3863. Georges Simenon — *L'énigme de la* Marie-Galante.
3864. Collectif — *Il pleut des étoiles...*
3865. Martin Amis — *L'état de L'Angleterre.*
3866. Larry Brown — *92 jours.*
3867. Shûsaku Endô — *Le dernier souper.*
3868. Cesare Pavese — *Terre d'exil.*
3869. Bernhard Schlink — *La circoncision.*
3870. Voltaire — *Traité sur la Tolérance.*
3871. Isaac B. Singer — *La destruction de Kreshev.*
3872. L'Arioste — *Roland furieux I.*
3873. L'Arioste — *Roland furieux II.*
3874. Tonino Benacquista — *Quelqu'un d'autre.*
3875. Joseph Connolly — *Drôle de bazar.*
3876. William Faulkner — *Le docteur Martino.*
3877. Luc Lang — *Les Indiens.*
3878. Ian McEwan — *Un bonheur de rencontre.*
3879. Pier Paolo Pasolini — *Actes impurs.*
3880. Patrice Robin — *Les muscles.*
3881. José Miguel Roig — *Souviens-toi, Schopenhauer.*
3882. José Sarney — *Saraminda.*
3883. Gilbert Sinoué — *À mon fils à l'aube du troisième millénaire.*
3884. Hitonari Tsuji — *La lumière du détroit.*
3885. Maupassant — *Le Père Milon.*
3886. Alexandre Jardin — *Mademoiselle Liberté.*

3887. Daniel Prévost *Coco belles-nattes.*
3888. François Bott *Radiguet. L'enfant avec une canne.*
3889. Voltaire *Candide ou l'Optimisme.*
3890. Robert L. Stevenson *L'Étrange Cas du docteur Jekyll et de M. Hyde.*
3891. Daniel Boulanger *Talbard.*
3892. Carlos Fuentes *Les années avec Laura Díaz.*
3894. André Dhôtel *Idylles.*
3895. André Dhôtel *L'azur.*
3896. Ponfilly *Scoops.*
3897. Tchinguiz Aïtmatov *Djamilia.*
3898. Julian Barnes *Dix ans après.*
3899. Michel Braudeau *L'interprétation des singes.*
3900. Catherine Cusset *À vous.*
3901. Benoît Duteurtre *Le voyage en France.*
3902. Annie Ernaux *L'occupation.*
3903. Romain Gary *Pour Sgnanarelle.*
3904. Jack Kerouac *Vraie blonde, et autres.*
3905. Richard Millet *La voix d'alto.*
3906. Jean-Christophe Rufin *Rouge Brésil.*
3907. Lian Hearn *Le silence du rossignol.*
3908. Kaplan *Intelligence.*
3909. Ahmed Abodehman *La ceinture.*
3910. Jules Barbey d'Aurevilly *Les diaboliques.*
3911. George Sand *Lélia.*
3912. Amélie de Bourbon Parme *Le sacre de Louis XVII.*
3913. Erri de Luca *Montedidio.*
3914. Chloé Delaume *Le cri du sablier.*
3915. Chloé Delaume *Les mouflettes d'Atropos.*
3916. Michel Déon *Taisez-vous... J'entends venir un ange.*
3917. Pierre Guyotat *Vivre.*
3918. Paula Jacques *Gilda Stambouli souffre et se plaint.*
3919. Jacques Rivière *Une amitié d'autrefois.*
3920. Patrick McGrath *Martha Peake.*
3921. Ludmila Oulitskaïa *Un si bel amour.*
3922. J.-B. Pontalis *En marge des jours.*
3923. Denis Tillinac *En désespoir de causes.*

3924. Jerome Charyn	*Rue du Petit-Ange.*
3925. Stendhal	*La Chartreuse de Parme.*
3926. Raymond Chandler	*Un mordu.*
3927. Collectif	*Des mots à la bouche.*
3928. Carlos Fuentes	*Apollon et les putains.*
3929. Henry Miller	*Plongée dans la vie nocturne.*
3930. Vladimir Nabokov	*La Vénitienne* précédé d'*Un coup d'aile.*
3931. Ryûnosuke Akutagawa	*Rashômon* et autres contes.
3932. Jean-Paul Sartre	*L'enfance d'un chef.*
3933. Sénèque	*De la constance du sage.*
3934. Robert Louis Stevenson	*Le club du suicide.*
3935. Edith Wharton	*Les lettres.*
3936. Joe Haldeman	*Les deux morts de John Speidel.*
3937. Roger Martin du Gard	*Les Thibault I.*
3938. Roger Martin du Gard	*Les Thibault II.*
3939. François Armanet	*La bande du drugstore.*
3940. Roger Martin du Gard	*Les Thibault III.*
3941. Pierre Assouline	*Le fleuve Combelle.*
3942. Patrick Chamoiseau	*Biblique des derniers gestes.*
3943. Tracy Chevalier	*Le récital des anges.*
3944. Jeanne Cressanges	*Les ailes d'Isis.*
3945. Alain Finkielkraut	*L'imparfait du présent.*
3946. Alona Kimhi	*Suzanne la pleureuse.*
3947. Dominique Rolin	*Le futur immédiat.*
3948. Philip Roth	*J'ai épousé un communiste.*
3949. Juan Rulfo	*Llano en flammes.*
3950. Martin Winckler	*Légendes.*
3951. Fédor Dostoïevski	*Humiliés et offensés.*
3952. Alexandre Dumas	*Le Capitaine Pamphile.*
3953. André Dhôtel	*La tribu Bécaille.*
3954. André Dhôtel	*L'honorable Monsieur Jacques.*
3955. Diane de Margerie	*Dans la spirale.*
3956. Serge Doubrovski	*Le livre brisé.*
3957. La Bible	*Genèse.*
3958. La Bible	*Exode.*
3959. La Bible	*Lévitique-Nombres.*
3960. La Bible	*Samuel.*
3961. Anonyme	*Le poisson de Jade.*
3962. Mikhaïl Boulgakov	*Endiablade.*
3963. Alejo Carpentier	*Les Élus et autres nouvelles.*

3964. Collectif — *Un ange passe.*
3965. Roland Dubillard — *Confessions d'un fumeur de tabac français.*
3966. Thierry Jonquet — *La leçon de management.*
3967. Suzan Minot — *Une vie passionnante.*
3968. Dann Simmons — *Les Fosses d'Iverson.*
3969. Junichirô Tanizaki — *Le coupeur de roseaux.*
3970. Richard Wright — *L'homme qui vivait sous terre.*
3971. Vassilis Alexakis — *Les mots étrangers.*
3972. Antoine Audouard — *Une maison au bord du monde.*
3973. Michel Braudeau — *L'interprétation des singes.*
3974. Larry Brown — *Dur comme l'amour.*
3975. Jonathan Coe — *Une touche d'amour.*
3976. Philippe Delerm — *Les amoureux de l'Hôtel de Ville.*
3977. Hans Fallada — *Seul dans Berlin.*
3978. Franz-Olivier Giesbert — *Mort d'un berger.*
3979. Jens Christian Grondahl — *Bruits du coeur.*
3980. Ludovic Roubaudi — *Les Baltringues.*
3981. Anne Wiazemski — *Sept garçons.*
3982. Michel Quint — *Effroyables jardins.*
3983. Joseph Conrad — *Victoire.*
3984. Emile Ajar — *Pseudo.*
3985. Olivier Bleys — *Le fantôme de la Tour Eiffel.*
3986. Alejo Carpentier — *La danse sacrale.*
3987. Milan Dargent — *Soupe à la tête de bouc.*
3988. André Dhôtel — *Le train du matin.*
3989. André Dhôtel — *Des trottoirs et des fleurs.*
3990. Philippe Labro/ Olivier Barrot — *Lettres d'amérique. Un voyage en littérature.*
3991. Pierre Péju — *La petite Chartreuse.*
3992. Pascal Quignard — *Albucius.*
3993. Dan Simmons — *Les larmes d'Icare.*
3994. Michel Tournier — *Journal extime.*
3995. Zoé Valdés — *Miracle à Miami.*
3996. Bossuet — *Oraisons funèbres.*
3997. Anonyme — *Jin Ping Mei I.*
3998. Anonyme — *Jin Ping Mei II.*
3999. Pierre Assouline — *Grâces lui soient rendues.*

Composition Bussière.
Impression Novoprint
à Barcelone, le 10 avril 2004.
Dépôt légal : avril 2004.
ISBN 2-07-31460-X./Imprimé en Espagne.

128658